Für mich bist du tot

Zerstörte Illusionen

***

Impressum

Texte: Copyright by Elisabeth Charlotte
Umschlag: Copyright by Elisabeth Charlotte

Impressum

Verlag:
c/o Werneburg Internet Marketing und
Publikations-Service
Philipp-Kühner-Str. 2
99817 Eisenach

E-Mail: charlottemali49@gmail.com

Homepage: www.elisabeth-charlotte-autorin.de

Druck: epubli –ein Service der neopubli GmbH, Berlin

Für meinen Sohn zur Erinnerung

In liebevollem Gedenken an meine Schwester

   ✱ 30.03.1959
   † 27.03.2021

Für meine Lebensgefährtin in großer Liebe

und Dankbarkeit

✹✹

Wenn dein Herz leise zerbricht, wenn deine innere Stimme nicht mehr spricht, wenn deine Seele bitterlich weint, wenn die Zukunft dir hoffnungslos scheint, wenn deine Gedanken wild sich drehen, wenn deine Augen die Realität nicht mehr sehen, wenn dein Mund keine Worte mehr findet, wenn alles Glück in dir langsam schwindet, wenn dich deine Träume allmählich verlassen, wenn du beginnst dich und das Leben zu hassen, dann ist es verdammt noch mal höchste Zeit....loszulassen!

Verfasser unbekannt

✹✹

Elisabeth Charlotte, Jahrgang 1949, wurde in der DDR geboren und hat im Osten von Berlin ihre Kindheit und Jugend verbracht. Das Schreiben ist für sie zum Bedürfnis geworden, um das Trauma ihrer Jugend aufzuarbeiten und um an den weiteren Schicksalsschlägen nicht zu zerbrechen. In einer sehr persönlichen und schonungslos offenen Autobiografie gibt sie Einblick in ihre ungewöhnliche Kindheit und Jugend. Sie zeigt, wie die grenzenlosen Möglichkeiten, die sich nach der Wende für jeden auftaten, in ihrer kleinen Familie letzten Endes zur Katastrophe führten.

Diese Geschichte basiert auf wahren Begebenheiten. Orte und Namen der betroffenen Personen wurden von der Autorin geändert, um ihre Identität zu schützen.

Alle Rechte bleiben bei der Autorin. Kein Teil des Werkes darf in irgendeiner Form ohne Genehmigung der Autorin reproduziert, verarbeitet, vervielfältigt oder verbreitet werden.

Inhaltsverzeichnis

VORWORT 8

MEIN ERSTES LEBEN..........................10

MEIN ZWEITES LEBEN 68

MEIN DRITTES LEBEN 113

MEIN VIERTES LEBEN 163

EPILOG -

MEIN FÜNFTES LEBEN....................221

FOTOS..............................225 - 233

HINWEIS...................................234

DANKSAGUNGEN............................244

VORWORT

Der Titel dieses Buches mag bei einigen Lesern Bestürzung hervorrufen, denn diese Worte möchte niemand aussprechen oder gar hören. Ich selbst hätte mir das auch nie vorstellen können. Doch es war tatsächlich mein eigener Sohn, der mich unvermittelt und mit Hass, aber ohne jegliche Erklärung, mit diesen Worten verstoßen hat. Seit jenem Tag vor zehn Jahren habe ich keinen Kontakt mehr zu ihm.

Um diese zutiefst schmerzliche Erfahrung zu bewältigen, habe ich mich entschlossen, meine Lebensgeschichte aufzuschreiben und zu veröffentlichen. Denn es gibt viele Betroffene, die einen solchen Kontaktabbruch von ihrem eigenen Kind ertragen müssen. Sie bleiben im Verborgenen und leiden unendlich.

Es ist mein Wunsch, dass meine Geschichte anderen Menschen in ähnlichen Situationen Trost und Verständnis bietet. Möge sie dazu beitragen, das Schweigen zu brechen und das Leid zu lindern. Denn niemand sollte allein mit diesem Schmerz sein. Wir sind nicht allein, auch wenn es manchmal so scheint.

Elisabeth Charlotte

Zerstörte Illusionen

Eine Familie zerbricht.

Eine autobiografische Erzählung

von Elisabeth Charlotte

Mein erstes Leben

1949 – 1970

Meine Eltern stammten aus der Ostzone und lernten sich 1947 in einem Tanzlokal kennen. Mein Vater war siebzehn Jahre alt und kam aus der Gefangenschaft. Meine Mutter, ein Jahr älter, absolvierte ihr hauswirtschaftliches Pflichtjahr, so wie es damals üblich war. Zwei Jahre später, im Juli 1948, heirateten sie. Beide benötigten die Genehmigung ihrer Eltern, da man damals erst mit einundzwanzig Jahren volljährig war. Sie waren beide jung, verliebt und lebenshungrig und genossen das Leben nach Kriegsende in vollen Zügen. Anfangs wohnten meine Eltern gemeinsam, mit der gerade geschiedenen Mutter meines Vaters, in einer kleinen Wohnung in der sowjetischen Besatzungszone im Bezirk Friedrichshain. Wie man sich vorstellen kann, vertrugen sich Margarete und ihre Schwiegermutter, zwei charakterlich sehr unterschiedliche Frauen, überhaupt nicht. Immer wieder kam es zu Spannungen wegen Kleinigkeiten. Doch ein eigener Wohnraum war nicht so leicht zu bekommen. Ein Jahr nach der

Hochzeit meiner Eltern wurde ich im März 1949 im elterlichen Schlafzimmer in der Boxhagener Straße geboren. Damals war es selten, im Krankenhaus zu entbinden, die meisten Geburten fanden zu Hause statt. Meine Oma war auch bei meiner Geburt dabei. Sie erzählte mir Jahre später, dass sie während des Geburtsvorgangs den Eindruck hatte, dass ich nicht auf diese Welt kommen wollte. Heute weiß ich auch, warum. Nach meiner Geburt war den jungen Eltern bewusst, dass sie sich dringend nach eigenem Wohnraum umsehen mussten. Sie fanden ihn schließlich auch ein paar Straßen weiter in der Rigaer Straße. Damals war diese Straße eine ruhige Straße mit vielen kleinen »Tante-Emma-Läden« und einigen gemütlichen Kneipen. Die Wohnung war nicht groß. Sie bestand aus Wohnzimmer und Küche. Die Toilette war eine halbe Treppe tiefer. Doch sie hatten endlich ihre eigene Welt. Im selben Jahr wurde übrigens auch auf dem Gebiet der sowjetischen Besatzungszone die Deutsche Demokratische Republik gegründet.

Drei Jahre später, im Oktober 1952, kam mein Bruder Gerhard zur Welt. Er kam einen Monat zu früh und auch er war eine Hausgeburt. Im Gegensatz zu meiner Geburt waren meine Eltern auf die Ankunft ihres zweiten Kindes so gar nicht vorbereitet. Es gab nichts für das Baby.

Die Hebamme wickelte das Neugeborene notdürftig in ein Handtuch und meine Großmutter wurde nun mit der Beschaffung des Nötigsten für das kleine Wesen beauftragt. Wie ich viel später erfahren habe, war mein Bruder kein Wunschkind. Meine Mutter hatte in den ersten Monaten einige abenteuerliche Versuche unternommen, die Schwangerschaft zu unterbrechen. Wir haben nie von ihr erfahren, warum sie dieses Kind nicht wollte. Meine Oma verbreitete allerdings hartnäckig, dass dieses Kind nicht von ihrem Sohn stammen könnte. Woher sie es wusste, oder es nur eine Vermutung war, blieb ihr Geheimnis. Allerdings war der Stachel bei meinem Vater jetzt für immer gesetzt. Es gelang ihm nie, eine normale Vater-Sohn-Beziehung mit dem Jungen aufzubauen. Von Geburt an war der Kleine in seiner Entwicklung zurückgeblieben und blieb ein Sorgenkind.

Die Ehe meiner Eltern verlief bald nicht mehr so harmonisch, obwohl sie sich noch sehr liebten. Mein Vater war Busfahrer, weshalb meine Mutter oft allein unterwegs gewesen ist. Die Wohnung war für vier Personen nicht ausreichend groß. Oft kam es zu heftigen, lauten Streitereien, die mit Handgreiflichkeiten verbunden waren. Nicht nur wir Kinder bekamen alles mit, auch die Nachbarn waren informiert. In solchen besonderen Situationen erhielten wir emotionale Hilfe von einem älteren Ehepaar, das eine Etage über uns wohnte. Sie stammten aus Ostpreußen und waren kinderlos. Mein Bruder und ich nannten sie liebevoll Tante und Opa. Wir empfanden eine aufrichtige Liebe zu den beiden, da sie uns wie eigene Enkelkinder verwöhnten. Durch das Spielen mit uns, das Ausstatten mit Kleidung und gemeinsame Ausflüge schenkten sie uns besondere Aufmerksamkeit. Wir durften sogar bei ihnen übernachten, wenn unsere Eltern feierten oder stritten. In ihrer Gesellschaft fanden wir das Gefühl von Geborgenheit, das uns zu Hause fehlte. An die Großeltern mütterlicherseits kann ich mich nicht erinnern. Der strenge Großvater war bereits vor meiner Geburt verstorben, und die Großmutter verstarb, als ich zwei Jahre alt war. Meine Mutter erzählte mir, dass ich sie sehr geliebt haben soll und sie stets als »Omileinchen« bezeichnete. Leider habe ich keinerlei Erinnerungen an sie, was ich zutiefst bedauere. Zum Großvater väterlicherseits hatte ich nur oberflächlichen oder besser gesagt gar keinen Kontakt. Dies lag vermutlich daran, dass die Großeltern geschieden waren und jeglichen gegenseitigen Kontakt vermieden. An schöne familiäre Momente oder besondere Höhepunkte während meiner frühen Kindheit kann ich mich nicht erinnern. Ich war ein ruhiges und introvertiertes Mädchen. Wo man mich auch hinstellte, spielte ich in meiner eigenen Welt.

Spielzeug war nur wenig vorhanden, deshalb verweilte ich besonders gerne auf unserem Hof in einer blumengeschmückten Ecke unter den Wohnzimmerfenstern einer freundlichen Familie. Hier tauchte ich in eine andere Welt ein, sang laut und mit Leidenschaft meine Lieblingslieder. Die Nachbarn waren wohl ziemlich genervt. Doch man mochte mich und ließ mich gewähren. Bis auf mein zu lautes Singen war ich ruhig und unauffällig. Meine Eltern waren in der Nachbarschaft, bei Freunden und Bekannten sehr beliebt. Es sprach sich schnell herum, dass ihre Partys immer lustig und ausgelassen waren und dort jede Menge an Alkohol floss.

Im September 1955 begann mein Schulleben mit dem ersten Schultag. Meine Schultüte war mit einer prächtigen Schleife verziert und weil sie groß war, wurde sie bis zur Mitte mit Zeitungspapier gefüllt. Nur der obere Teil, der durchsichtig war, ließ einige Süßigkeiten und Schulutensilien erkennen. Zu unserer Klassenlehrerin, die uns von der 1. bis zur 4. Klasse begleitete, hatte ich von Anfang an eine ganz besondere Bindung. Ich verehrte sie, fühlte mich in ihrer Gegenwart wohl und hatte das Gefühl, dass sie mich etwas mehr mochte als die anderen Kinder. Dies mag gewiss

Einbildung gewesen sein, aber es gab meinem kindlichen Selbstbewusstsein einen enormen Schub. Das Lernen fiel mir unter ihrer Anleitung leicht und nur auf ihre Anregung hin trat ich dem Schulchor bei. Ob das für den Chor vorteilhaft war, kann ich heute nicht mehr sagen, aber ich tat alles, was sie vorschlug, ohne zu zögern. Schnell wurden wir Erstklässler in die Jungpionier-Organisation aufgenommen und trugen stolz das blaue Halstuch, das Zeichen der Jungpioniere. Obwohl die Pionierorganisation heutzutage oft kritisiert wird, leistete sie viel für ihre jungen Mitglieder. An den Pionier-Nachmittagen wurde gebastelt, gewerkelt und Theater gespielt. Es wurden Ausflüge und Exkursionen organisiert, die kostenfrei waren oder gelegentlich einen geringen Beitrag erforderten. Während der Schulferien hatten Kinder die Möglichkeit, für zwei Wochen in Ferienlagern zu entspannen, fernab von Schule und Eltern. Dadurch war gewährleistet, dass die Kinder nach dem Unterricht beschäftigt waren, beaufsichtigt wurden und soziale Fähigkeiten erlernten. Für Schüler wie mich, die nach Schulschluss aufgrund berufstätiger Eltern nicht nach Hause konnten, gab es einen Hort. Dort wurden gemeinsam Mahlzeiten eingenommen, Hausaufgaben unter

Aufsicht erledigt und natürlich gespielt. Obwohl für das Wohl der Schüler gesorgt wurde, fühlte ich mich in diesen Gruppen nicht besonders wohl.

Ich war unauffällig, schüchtern und erschien für mein Alter viel zu ernst. Meine Freunde bestanden hauptsächlich aus den Nachbarskindern aus den umliegenden Häusern sowie einigen Schulkameraden. Mein engster Freund wurde Jürgen vom Haus gegenüber. Wir waren im gleichen Alter, verstanden uns bestens, verbrachten viel Zeit miteinander und teilten unsere kleinen Geheimnisse. Beide liebten wir Tiere und kümmerten uns um Hunde, die in engen Käfigen bei einem nahegelegenen Tierhandel gehalten wurden, bis sie verkauft wurden. Wir führten sie spazieren, spielten mit ihnen und brachten sie zum Ladenschluss wieder zurück. Oft besuchten wir den freien Platz an der Ecke, wo früher einmal ein Haus stand. Dort fanden regelmäßig Jahrmärkte mit vielen Karussells oder manchmal auch Zirkusleben statt. Stundenlang verbrachten wir dort, lauschten der Musik, beobachteten das bunte Treiben und träumten vor uns hin. Diese Welt übte eine faszinierende Anziehungskraft auf mich aus. Allerdings hatten wir beide praktisch nie genügend Geld für die Karussells. Wie die meisten Kinder spielte auch ich hauptsächlich auf der Straße, eine damals übliche Beschäftigung. Zu dieser Zeit gab es keine Spielekonsolen,

Erlebnishöfe, Spaßbäder oder Abenteuerlandschaften, geschweige denn Handys. Die Straße und die noch vorhandenen Ruinen boten uns Abenteuer genug. Spielzeug hatten nur wenige Kinder. Unsere Treffpunkte als Kinderclique waren größtenteils die Hausflure und die Ruinen. Dort bauten wir mit den Steinen, die herumlagen, kleine Wohnungen mit Küche und Wohnzimmer und tauchten so in unsere eigene kleine Welt ein. Unser meistgespieltes Spiel war »Vater, Mutter, Kind«, bei dem jedes Mal neu entschieden wurde, wer die Rollen von Mutter, Vater oder Kind übernehmen durfte. In der Nähe, drei Häuser weiter, befand sich ein echter kleiner landwirtschaftlicher Betrieb, etwas versteckt im zweiten Hinterhof. Dort gab es einen Stall mit Pferden, Hunden, Hühnern und Katzen. Besonders die Pferde zogen mich magisch an. Ich war dort gerne, durfte die Pferde füttern, den Stall freiwillig und voller Freude ausmisten und mit den anderen Kindern im Stroh herumtoben. Es war ein kleines Paradies für mich, und dort fühlte ich mich absolut wohl.

Unsere Eltern waren berufstätig und verdienten ihr Geld. Dennoch reichte es offensichtlich nicht bis zum nächsten Zahltag. Der Monat war immer viel zu schnell herum und so ließ man kurzerhand zum Monatsende beim Händler anschreiben. Das war Usus, viele Menschen, bei denen das Geld schneller verbraucht war als der Monat zu Ende, machten das damals so. Es war also nichts Außergewöhnliches, sofern man die aufgelaufenen Schulden dann auch wieder beglich. Gerade das aber gelang meinen Eltern nicht immer, es häuften sich schnell größere Summen an. Erst beim Lebensmittelladen unten im Haus, dann beim Gemüsehändler gegenüber, mitunter auch mal beim Nachbarn.

Mein Vater war ein charmanter, lustiger und gut erzogener junger Mann. Schnell fiel ihm auf, dass es neben meiner Mutter auch andere attraktive Frauen gab. Diese Frauen fanden auch Gefallen an ihm und umwarben ihn. Er war ein attraktiver Mann und so begann er mit der einen und auch der anderen Frau eine Affäre. Damals nannte man solche kleinen Romanzen noch »Techtelmechtel«. Die Anwesenheit der Damen blieb meiner Mutter natürlich nicht verborgen, insbesondere wenn einige von ihnen unangemeldet bei uns vorbeikamen und den »Bruder« meiner Mutter sprechen wollten. Das führte zu häufigen Auseinandersetzungen und hitzigen Diskussionen, die nicht nur verbal ausgetragen wurden. Gelegentlich flogen Kochtöpfe mit dem Mittagessen durch die Küche, Geschirr wurde an die Wand geworfen oder aus dem Fenster geschleudert. Es schien wichtig zu sein, dass alle Hausmitbewohner mitbekamen, was vor sich ging. Die beiden Erwachsenen gerieten tatsächlich in heftige körperliche Auseinandersetzungen, ohne Rücksicht auf uns Kinder. Ein besonders erschütternder Moment war für mich, als meine Mutter nach einem solchen Streit wimmernd auf dem Boden lag, während mein Vater ohne Gnade auf sie eintrat, kalt über sie hinwegstieg und dann die Wohnung verließ.

Die Erinnerung an dieses Ereignis begleitet mich bis heute. Nachdem sich die Gemüter etwas beruhigt hatten, fand, wie konnte es anders sein, die Versöhnung auf lebhafte und laute Weise im Schlafzimmer statt.

Eines Tages war die Last der Schulden, die Streitigkeiten mit meiner Mutter und die Bindung zu verschiedenen Damen für meinen Vater zu viel geworden. Über Nacht verließ er uns ohne

Vorwarnung in Richtung Westdeutschland. Unsere Mutter blieb zurück, mit uns Kindern, den Schulden und einem knappen Brief. Seine einzigen Worte waren: »Ich werde im Westen nach Arbeit suchen und dann Geld für euren Unterhalt schicken«. Diese Ausreise machte ihn nach den geltenden DDR-Gesetzen strafbar und in der DDR galt er jetzt als Republikflüchtling. In unregelmäßigen Abständen erhielten wir etwas Westgeld, was jedes Mal ein besonderes Ereignis war. Durch den Umtausch in Ostmark hatten wir meist das Dreifache oder sogar Vierfache zur Verfügung. Es reichte für das Nötigste an Kleidung und manchmal auch für kleine Genüsse. Leider flossen diese Gelder unregelmäßig und konnten die wachsenden Schulden meiner Mutter nicht decken. Sie litt sehr unter der Trennung, war emotional labil und hatte Schwierigkeiten im Umgang mit Geld. Wenn Geld da war, wurde großzügig gelebt, bei Geldknappheit wurden wieder Schulden gemacht. Sie zögerte nicht, bei Nachbarn, Freunden, Bekannten und sogar bei meiner Klassenlehrerin um finanzielle Hilfe zu bitten. In diesen Momenten schämte ich mich zutiefst und sehnte mich danach, unsichtbar zu sein.

1959 – 1969

Nach längerer Zeit als Alleinerziehende entschied sich meine Mutter dazu, ihre Stelle als Stenotypistin zu kündigen und eine gut bezahlte Position, als Chefsekretärin in einer Baufirma anzunehmen. Dort begann sie bald eine Beziehung mit ihrem Vorgesetzten. Als junge, attraktive, lebensfrohe und offene Frau war es verständlich, dass sie sich nach Nähe und Liebe sehnte. Alles hätte vermutlich in Ordnung sein können, wenn ihr Chef nicht schon verheiratet und Vater von zwei Kindern gewesen wäre. Schließlich erwartete meine Mutter eines Tages ein Kind von ihm.

Leider hatten sich ihre Schulden, offenkundig die Mietschulden, inzwischen auf ein untragbares Maß angehäuft, und die Wohnungsverwaltung kündigte ihr die Wohnung.

In der DDR wurde nun aber niemand einfach auf die Straße gesetzt, besonders nicht, wenn Kinder betroffen waren. So wurden wir lediglich »zwangsgeräumt«, wie es etwas freundlicher ausgedrückt wurde, in eine andere Wohnung, die schwer vermietbar war. Die Miete beläuft sich jetzt nur noch auf einundzwanzig Ostmark. Die

Wohnung liegt in der Warschauer Straße, in der Nähe der S- und U-Bahn-Stationen und in der Nähe der Oberbaumbrücke, die die Grenze zum Westberliner Bezirk Kreuzberg bildet. Zu dieser Zeit war es möglich, mit der U-Bahn in den Westteil von Berlin zu fahren, sofern man die polizeilichen Kontrollen überstand.

Mit diesem erzwungenen Umzug sollten sich indessen viele Dinge ändern. Wie bereits erwähnt, stellte sich die neue Unterkunft als schwer oder sogar unmöglich vermietbar heraus. Sie war feucht, renovierungsbedürftig, dunkel und bestand erneut nur aus einem Zimmer und einer Küche. Die Wohnung befand sich im Erdgeschoss, direkt über einem Kellereingang. Auch die Toilette befand sich wieder außerhalb und musste erneut mit den Nachbarn geteilt werden. Es gab zwei Höfe, wobei sich im hinteren Hof riesige Gesteinsbrocken befanden, die von Unkraut überwuchert waren. Eine große Mauer umgab das Gelände und ein tiefer Schacht in der Mitte des Hofes, wahrscheinlich ein alter Bunker, war speziell für meinen Bruder von großem Interesse. Bisher lebten wir zwar in sehr bescheidenen, aber doch einigermaßen geordneten Verhältnissen.

Das sollte jetzt vorbei sein.

In dem dunklen Zimmer befand sich ein massiver, antiker Kleiderschrank, randvoll mit alter Kleidung. Dieser Schrank musste einiges aushalten, da er oft von meinem Bruder und mir als Versteck während unserer Spiele genutzt wurde. Abends wurde die Klappcouch für meinen Bruder als Schlafplatz hergerichtet. Zusätzlich gab es eine kleine Anrichte, einen instabilen Couchtisch und die alten Ehebetten, die bereits in der Rigaer Straße existierten, in denen meine Mutter und ich schliefen. Zu Beginn hatten wir auch ein Radio, das wir von unseren Ziehgroßeltern geschenkt bekommen hatten. Ich erinnere mich gerne daran, wie ich regelmäßig und mit großer Leidenschaft am Montagabend die „Schlager der Woche" und am Sonntagvormittag Rätselsendungen mit Hans Rosenthal oder die „Insulaner" gehört habe. Doch eines Tages verschwand das Radio plötzlich. Möglicherweise wurde es von meiner Mutter bei der Pfandleihe verpfändet und nicht wieder ausgelöst. Die Küche war einfach ausgestattet, mit einem antiken Küchenschrank, der einst meiner Großmutter gehörte, einem Küchentisch und zwei Stühlen. In einer Ecke stand ein Kohleherd, auf dem ein zweiflammiger Gaskocher platziert war. Luxusartikel waren uns fremd. Zum Zeitpunkt des Umzugs befand sich meine Mutter im sechsten Monat schwanger, mein Bruder war sieben Jahre alt und ging bislang nicht zur Schule, während ich zehn Jahre alt war. Der Umzug setzte meinem Bruder und mir stark zu. Wir wurden plötzlich von unserem Freundeskreis getrennt, ich musste mich von meiner geliebten Lehrerin am Ende des vierten Schuljahres verabschieden und in eine andere Schule in der Nähe unseres neuen Wohnorts wechseln. Dort gelang es mir nie richtig anzukommen und ich blieb stets am Rande, eine Außenseiterin. Eine sehr schmerzliche Erfahrung für uns war die Trennung von unseren geliebten Ziehgroßeltern. Trotz dieser Trennung besuchten wir sie natürlich weiter so oft wie möglich.

Es war leider so, dass meine Mutter während ihrer Schwangerschaft ziemlich häufig Alkohol konsumierte, meist in Form von Obstwein, stark rauchte und regelmäßig eine Vielzahl verschiedener Tabletten einnahm.

Am Morgen nahm sie Tabletten zum Wachwerden, abends zum Einschlafen und zwischendurch gegen Schmerzen oder zur Beruhigung – ein verantwortungsloser Umgang in ihrem Zustand. Ich bin überzeugt, dass dies einer der Gründe war, warum meine Schwester ganze zwei Monate zu früh, viel zu klein und unreif geboren wurde. Ursprünglich sollte sie den Namen Martina tragen, jedoch vergaß meine Mutter diesen Namen, weshalb sie letztlich Regina genannt wurde. Bei dieser Geburt wurde meine Mutter im Krankenhaus entbunden, verließ es jedoch bereits einen Tag nach der Geburt eigenmächtig. Obwohl wir bei unseren Ziehgroßeltern gut aufgehoben waren, war unsere Mutter unruhig und wollte nicht länger in der Klinik bleiben. Der eigentliche Grund lag wohl darin, dass sie dort keinen Alkohol konsumieren und nicht rauchen durfte.

Das Mädchen war winzig, wog nur 1500 Gramm und musste daher für weitere zwei Monate auf der Säuglingsstation im Inkubator bleiben. Wir besuchten das Baby täglich, um die Muttermilch abzugeben, die meine Mutter zuvor abgepumpt hatte. Ich war sehr traurig, denn ich hatte mich so sehr auf mein Geschwisterchen gefreut. Meine Vorfreude galt unserer Püppi, wie sie später von allen genannt wurde. Schon jetzt konnte ich es kaum erwarten, sie in meinen Armen zu halten. Stolz spazierte ich schon mal vorab mit dem hübsch zurechtgemachten, aber noch leeren Kinderwagen durch die Straßen, um mich auf ihre Ankunft vorzubereiten. Ich habe trotz meiner großen Vorfreude auf mein neues Geschwisterchen, Mühe gehabt, eine enge Bindung zu meinem Bruder aufzubauen. Es erschien mir seltsam, aber wir blieben stets distanziert zueinander. Die Liebe, die ich als Zehnjährige empfand, übertrug ich nun auf dieses winzige Wesen. Ich kümmerte mich liebevoll um sie, fühlte mich verantwortlich und umsorgte sie. Meine Mutter war darüber erfreut und sah mich fortan als „Vizemutti" an.

Auch mein Vater war inzwischen aktiv geworden, was die neue Familiengründung anbelangte. Er lernte in Westdeutschland eine andere Frau kennen und wurde im November desselben Jahres noch einmal Vater eines Sohnes. Somit hatte ich neben meiner Halbschwester auch noch einen Halbbruder, der an einem unbekannten Ort in Westdeutschland lebte. Die Ehe meiner Eltern, die schon seit Langem nur noch formell bestand, wurde in diesem Jahr endgültig geschieden, und mein Vater wurde zu monatlichen Unterhaltszahlungen von je sechzig DM für uns Kinder verpflichtet. Im Jahr 1960 heiratete er zum zweiten Mal und lebte fortan mit seiner Frau, seinem Sohn und einem älteren Adoptivsohn in der Umgebung von Köln. Als mein Vater damals ging, war ich erst acht Jahre alt. Acht Jahre lang waren wir eine Familie, aber trotzdem kann ich mich nicht erinnern, eine besondere Verbindung zu meinem Vater in diesen frühen Jahren gehabt zu haben. Was mir bis heute besonders präsent geblieben ist, sind die vielen Streitigkeiten zwischen meinen Eltern. Als Kind, mit acht Jahren konnte ich natürlich nicht verstehen, warum er uns verließ, jedoch spürten wir alle bald schmerzhaft die Auswirkungen seiner Abwesenheit.

Meine Mutter hielt die Beziehung zu ihrem Vorgesetzten weiter aufrecht. Im Gegensatz zu ihr aber mochte ich ihn gar nicht, gab ihm instinktiv die Schuld an den zunehmenden Veränderungen meiner Mutter. Sicher spielte auch kindliche Eifersucht dabei eine Rolle, denn sie verbrachte sehr viel Zeit mit ihm, Zeit, in der sie uns allein ließ, spät in der Nacht und meist angetrunken zurückkam. Wenn sie mit ihm nachts unterwegs war, kam ich nie in den Schlaf. Ich lauschte angestrengt auf jedes Geräusch und wünschte inbrünstig, sie käme nicht wieder betrunken nach Hause. Dann war die Nacht nämlich für mich erst einmal vorbei.

Sie bewegte sich rumpelnd und taumelnd im Zimmer und unabhängig von der späten Stunde verlangte sie von mir, wieder aufzustehen. Ich musste ihr dann Zigaretten oder Alkohol aus der Kneipe besorgen, die sich äußerst praktisch gleich im Vorderhaus befand. Oft benötigte sie auch dringend verschiedene Arten von Tabletten, die ich aus der Nachtapotheke besorgen musste. Mein Verweigern oder Einwand half nichts. Sie gab erst Ruhe, wenn ich alles beschafft hatte. Ich hatte keinerlei Wahl und deshalb fürchtete und verabscheute ich diese Situation. Die Situation wurde noch unangenehmer, wenn sie nicht nur betrunken war, sondern auch noch diesen Joachim nachts mitbrachte. Da das Zimmer in einem unordentlichen Zustand war, wurde kein Licht eingeschaltet. Alles spielte sich im Dunkeln ab, ohne Rücksicht auf uns Kinder. Ich lag dicht neben den beiden im Ehebett und wurde ungewollt Zeuge ihres intimen Geschehens. Die ungewohnten Geräusche und Stöhnen waren befremdlich und unangenehm. Um dem zu entkommen, hielt ich mir das Kissen über den

Kopf und steckte mir die Finger in die Ohren. Das Ganze erzeugte Angst und Übelkeit in mir, da ich nicht verstand, was vor sich ging. Manchmal schrie ich sie einfach in das Dunkel hinein an, sie mögen aufhören, endlich ruhig sein, stillliegen. Doch das war sinnlos, sie nahmen mich gar nicht wahr. Am frühen Morgen war dann der Spuk endlich vorbei. Joachim hatte sich leise aus der Wohnung geschlichen.

Als Kind empfand ich, wie alle Kinder, Liebe für meine Mutter, obwohl sie nicht dem typischen Bild einer fürsorglichen Mutter entsprach. Sie war einfach anders, aber sie war meine Mutter, und ich kannte sie nur so. Es war nicht einfach für sie, allein mit uns drei Kindern zu sein, ohne Partner. Als ich etwa vierzehn Jahre alt war, änderte sich meine Einstellung und meine Gefühle ihr gegenüber. Ordnung und Sauberkeit bereiteten ihr immer Schwierigkeiten. Sie hatte stets plausible Ausreden für die Vernachlässigung der Hausarbeit. Entweder war sie müde, verkatert oder hatte schlicht keine Lust. Die Konsequenzen blieben nicht aus. Die Wohnung befand sich schnell in einem katastrophalen Zustand. Ungewaschenes Geschirr türmte sich auf, angetrocknete Essensreste waren überall zu finden, und der Müll wurde einfach in eine Ecke geworfen. Die Gardinen waren vergilbt, die Fenster so schmutzig, dass man weder hineinsehen noch hinausschauen konnte. Staub bedeckte die Möbel mit einer dicken Schicht. Kleine Insekten fühlten sich bei uns offensichtlich wohl und vermehrten sich in Scharen. Die Bettwäsche war vergraut und abgenutzt, und wenn überhaupt vorhanden, wurde sie höchstens einmal im Jahr gewaschen. Meistens schliefen wir ohnehin nur im Inlett. Der Geruch in der Wohnung muss intensiv gewesen sein. Aus diesem Grund durften wir niemanden in die Wohnung lassen – keine Freunde, Nachbarn oder Verwandte. Alle wurden abgewiesen. Trotzdem bemühte ich mich als Elfjährige nach besten Kräften, das Chaos zu beseitigen, was mir allerdings nicht wirklich gelang.

Meine Schwester befand sich damals in einem Säuglings-Wochenheim. Jeden Montag brachte ich sie dorthin, am Freitag nach der Schule holte ich sie wieder ab. Es bereitete mir große Schmerzen und ich vermisste sie während der Woche sehr. Sie fühlte sich dort nicht wohl und wurde regelmäßig krank. Die Erzieherin kontaktierte meine Mutter daher häufig auf der Arbeit, um sie zu bitten, das Mädchen abzuholen. Dann war es meine Aufgabe, dies zu erledigen. Aufgrund des knappen Einkommens meiner Mutter nahm sie mich mit einer Entschuldigung für die Zeit der Krankenpflege für einige Tage aus der Schule. Ich kümmerte mich in dieser Zeit liebevoll um unsere Püppi, bis sie wieder gesund war. Diese Rolle war für mich von großer Bedeutung, obwohl ich dadurch einige Unterrichtsstunden verpasste. Ich fühlte mich in der neuen Schule ohnehin nicht wohl. Ich hatte von Anfang an keine engen Freunde, da ich von Anfang an anders war als die meisten meiner Klassenkameraden. Dies wurde mir stets verdeutlicht. Für sie blieb ich stets eine Außenseiterin. Meine Kleidung war schlicht, ich hatte wenig Schulmaterialien, selten ein Pausenbrot und wirkte für mein Alter zu ernst. Immer wieder wurde ich Opfer von Spott oder wurde einfach ignoriert.

Mein Bruder wurde im Alter von sieben Jahren an derselben Schule wie ich eingeschult. Auch er erhielt eine große Schultüte, die ähnlich bestückt war wie meine, mit ein paar Süßigkeiten im oberen Teil und dem benötigten Schulmaterial für den Unterricht. Es gab auch keine Feier danach. Von Anfang an war der schulische Druck nichts für meinen Bruder, da er eine sehr lockere Einstellung zur Schule hatte. Schon in der ersten Klasse schwänzte er häufig den Unterricht, war etwas eigen und der Umgang mit ihm gestaltete sich nicht immer einfach. Schon als Kind konnte er sehr aufbrausend sein, wenn ihm etwas nicht gefiel. Er schrie laut, sein Gesicht lief blau an, und manchmal fiel er einfach kurz um. Anfangs beunruhigten und ängstigten diese Anfälle meine Mutter, aber sie erkannte schnell, dass sie nur ein Ausdruck seiner Wut waren. Diese Situation verbesserte unsere Geschwisterbeziehung nicht gerade. Als ältere Schwester wurde mir die Aufgabe übertragen, ihn morgens zur Schule zu begleiten, ihn während des Unterrichts so gut wie möglich im Auge zu behalten und ihn nach dem Unterricht abzuholen, sofern es mein Stundenplan zuließ. Ich half ein wenig nach, um sicherzustellen, dass mein Stundenplan genau das nicht so oft zuließ.

Eines Tages stellten wir eigentlich eher zufällig fest, dass er eine gefährliche Neigung hatte. Er zeigte eine Vorliebe für Feuer. Gerhard spielte gerne mit Feuer und entzündete kleinere Brände in verlassenen Kinderwagen, die in den Fluren des Hauses abgestellt waren. Zudem begann er, Dinge, die ihm gefielen, einfach „auszuleihen" oder sogar zu stehlen. Wenn er keine Lust hatte, zur Schule zu gehen, versteckte er seine Schultasche an beliebiger Stelle und ging stattdessen in den Straßen herum, um leere Kinderwagen, Roller oder Fahrräder zu finden. In der Regel stellte er diese nach der Nutzung an einem anderen Ort wieder ab. Meine Mutter ahnte nichts von alledem. Erst wenn die bestohlenen Menschen selbst oder sogar die Polizei vor der Tür standen, erfuhr sie von seinen Taten. Er wurde daher häufig von meiner Mutter heftig geschlagen.

Die besonderen Tage in unserer Familie waren diejenigen, an denen meine Mutter Geld erhielt. Dies geschah entweder an ihrem Zahltag oder wenn mein Vater Unterhalt zahlte. Letzteres war jedoch besonders speziell, da das Geld von meinem Vater in West-DM postlagernd nach Kreuzberg im Westteil von Berlin geschickt wurde. Dies war Devisenhandel und strengstens verboten. Im Ostteil tauschte meine Mutter dann die D-Mark in einem Verhältnis von 1:2 oder auch 1:3 gegen Ostmark um oder tätigte andere kleinere Transaktionen.

Um zur Post des Bezirkes Kreuzberg zu gelangen, musste man die Oberbaumbrücke entweder zu Fuß überqueren oder eine U-Bahn-Station benutzen. Überall waren Polizisten, sowohl westliche als auch östliche, präsent. Jederzeit konnte man angehalten und kontrolliert werden. Monat für Monat wartete meine Mutter ungeduldig auf den Geldeingang. Oft schickte sie mich schon Tage im Voraus los, um bei der Post nachzufragen, ob das Geld bereits eingegangen sei. Ich nutzte den Weg dorthin ausgiebig, um durch die bunten Straßen zu schlendern und die üppig gestalteten Schaufenster zu bewundern. Es war eine faszinierende und vollkommen andere Welt für mich. Wenn der Weg erfolgreich war und ich das Geld erhalten hatte, versteckte ich es auf dem Rückweg in den Ostteil an verschiedenen Stellen an meinem Körper – unter dem Pullover, in der Hose, im Strumpf oder im Mantelfutter. Doch nicht nur Geld wurde verborgen; auch die Liebesromane und Krimis, die meine Mutter und ich gerne lasen, fanden ihren Platz an meinem Körper. Nachdem sie gelesen waren, konnten wir sie das nächste Mal gegen neue Romanhefte in dem Kiosk eintauschen. Zwei alte Hefte gegen ein neues Heft – das war ein großartiger Deal, da neue Hefte 50 Pfennig im Westen kosteten. Ich verschlang die spannenden Geschichten von Jerry Cotton und Kommissar X. Es war aufregend und nicht ganz legal, was wir da taten. Zu dieser Zeit hatte jeder, mich eingeschlossen, noch großen Respekt vor der Polizei. Die Angst, in eine Kontrolle zu geraten und entdeckt zu werden, war enorm. Es lief jedoch immer glücklicherweise alles reibungslos ab, und zu Hause wurde anschließend ein kleines Fest veranstaltet. Wir kauften Süßigkeiten, es gab ein besonders leckeres Essen, Kleidungsstücke wurden ausgetauscht, Spielzeug wurde gekauft oder wir unternahmen mal wieder als Familie etwas gemeinsam. Besonders gerne denke ich an manche Sommer zurück, wenn wir alle vier frühmorgens an den Müggelsee fuhren, um dort den ganzen Tag zu baden. Meine Mutter war eigentlich eine Langschläferin und es fiel ihr schwer, so früh aufzustehen. Das gelang ihr nicht oft, obwohl sie es jedes Mal fest versprach. Wenn sie nicht verschlief, schnappten wir uns ihren selbst gemachten Kartoffelsalat und Buletten und machten uns frühzeitig auf den Weg zum Strandbad, um dort einen der begehrten Strandkörbe oder Liegestühle zu ergattern. Schön war auch ein gemeinsamer Besuch im Kino oder im Berliner Tierpark. Das hatte jedoch auch immer einen unangenehmen Nebeneffekt. Mit dem zusätzlichen Geld, das sie bekam, konnte sich meine Mutter nun regelmäßig mit Tabletten, Zigaretten und Alkohol versorgen, was dazu führte, dass sie beinahe täglich betrunken war.

Im Jahr 1960 kam mein Vater wieder einmal für ein paar Tage nach Ostberlin, um uns und Bekannte zu besuchen. Er war sich der Gefahr bewusst, die das mit sich brachte. In den Augen der DDR war er ein Krimineller, ein Republikflüchtling. Er durfte keinesfalls in eine Polizeikontrolle geraten. Aber Alkohol macht leichtsinnig. Es wurde gefeiert und getrunken, spätabends machte er sich in feuchtfröhlicher Stimmung wieder auf den Rückweg nach Westberlin. Bei einer Grenzkontrolle an der Oberbaumbrücke war der Spaß dann für ihn abrupt vorbei, das Schicksal, besser gesagt die Polizei, schlug zu. Er wurde tatsächlich kontrolliert, und bei ihm wurden zwei deutsche Personalausweise entdeckt, woraufhin er sofort verhaftet wurde. Im anschließenden Prozess wurde er zu sechs Monaten Gefängnis verurteilt und durfte nach seiner Haft die DDR nicht mehr verlassen.

Das nächste bedeutsame Ereignis war der 13. August 1961 - der Bau der Mauer. Unsere Lehrer erklärten uns in der Schule, dass es sich um einen »antifaschistischen Schutzwall« handelte, der zum Schutz der DDR notwendig sei. Wir und die meisten Ostberliner glaubten das wohl auch. Weder meine Mutter noch andere Menschen in unserem Umfeld hatten zuvor etwas geahnt oder bemerkt. Die Mauer war plötzlich da. Obwohl wir in der Nähe der Grenze zu Kreuzberg wohnten, hatten wir tatsächlich nichts von den Baumaßnahmen mitbekommen. Es war schockierend, was sich nun abspielte – Familien wurden getrennt, Tragödien ereigneten sich. Für uns jedoch, die weder Verwandte noch enge Beziehungen oder Bindungen nach Westdeutschland hatten, brachte diese Einmauerung praktisch keine Veränderung oder Einschränkung mit sich. Wir haben kaum etwas davon bemerkt. Da zuvor kein Geld vorhanden war und auch in Zukunft keins verfügbar sein sollte, verlief unser Leben ohne gravierende Veränderungen.

Mein Vater wurde drei Monate nach dem Mauerbau, im November 1961, aus der Haft entlassen. Der Regierung machte das Angebot an seine noch in Westdeutschland lebende Ehefrau, mit den Kindern in die DDR zu ihm umzusiedeln. Sie hatte keine andere Wahl, da sie Mutter von zwei Kindern war und zudem von ihren Eltern unter Druck gesetzt wurde. Schweren Herzens entschied sie sich für diesen Schritt, verließ Eltern,

Geschwister und Freunde in der Heimat. Diese verzweifelte Entscheidung hat sie meinem Vater wohl bis zu seinem Tod nie richtig verziehen. Als Gegenleistung stellte die DDR-Regierung dafür meinem Vater und seiner Familie eine komplett eingerichtete 2-Zimmer-Wohnung im Bezirk Friedrichshain für einen Neuanfang in Ostberlin zur Verfügung. Die vorherigen Mieter dieser Wohnung waren kurz vor dem Mauerbau in den Westen geflüchtet und hatten alles zurückgelassen. Dadurch wurde für die neue Familie meines Vaters der Grundstein für einen Neuanfang in der DDR gelegt.

Seit über einem Jahr war meine Mutter bei der Deutschen Post beschäftigt, erhielt eine etwas höhere Bezahlung und genoss ihre Arbeit. Sie war bei ihren Kollegen beliebt, wurde für ihre Schnelligkeit und schnelle Auffassungsgabe geschätzt. Vereinzelt erhielt sie auch Geldprämien für ihre herausragende Leistung. Die Beziehung zu Joachim, ihrem Vorgesetzten, war nur noch sporadisch vorhanden, da er sich für seine Ehefrau entschieden und auch nie den Kontakt zu seiner unehelichen Tochter gesucht hatte. Meine Mutter knüpfte gelegentlich Bekanntschaften zu anderen Männern, brachte diese jedoch nie mit nach Hause. Vollkommen überraschend und ohne jegliche Ankündigung wurde ihr eines Tages gekündigt. Niemand nannte ihr den wahren Grund, sie war sich keiner Schuld bewusst. Sie war sehr verletzt, betroffen und verunsichert und fiel in ein tiefes Loch. Es sollte Jahre dauern, bis sie wieder arbeitsfähig und auch arbeitswillig war. Die plötzliche Entlassung wurde vermutlich durch die Republikflucht meines Vaters und seine spätere Verurteilung ausgelöst. Meine Mutter musste daraufhin Sozialhilfe beantragen, was nach langwierigen Behördengängen und bürokratischen Anträgen bewilligt wurde. Zusätzlich erhielt sie Unterhaltszahlungen von den beiden Vätern. Ursprünglich hätte dies ausreichen sollen, um bescheiden zu leben, jedoch war das Geld immer knapp. Der Zahltag wurde jeden Monat sehnsüchtig erwartet, wobei der Großteil zunächst für ihren persönlichen Bedarf an Suchtmitteln verwendet wurde. Manchmal gelang es, einige hartnäckige Gläubiger zu besänftigen, doch es wurden auch immer wieder neue Schulden anderswo aufgenommen. Aufgrund der Tatsache, dass meine Mutter von ihren Bekannten und den wenigen nicht zerstrittenen Verwandten bald kein Geld mehr bekommen hatte, war ihr Ruf ruiniert.

In ihrem engsten Umfeld gab es bald niemanden mehr, dem sie nicht etwas schuldete. Sogar die neue Familie meines Vaters, die in der Nähe von uns lebte, blieb von dieser Situation nicht verschont. Als Älteste musste ich natürlich für diese unangenehme Aufgabe einspringen.

Vor jedem Besuch bei meinem Vater und seiner neuen Frau wurde ich von meiner Mutter regelrecht einer Gehirnwäsche unterzogen, bei der sie mir immer wieder einschärfte, was ich sagen durfte und was nicht. Mit fantastischen Lügengeschichten im Kopf begab ich mich zu ihnen, entweder um Geld zu leihen oder die Alimente vorzeitig zu erhalten. Es war eine Qual für mich. Oft stand ich vor ihrer Tür, bemühte mich, die richtigen Worte zu finden, um zwischen Wahrheit und Lüge zu unterscheiden. Auf Dauer gab es jedoch keinen Ausweg. Zum einen hätte mich meine Mutter beschimpft, wenn ich umgekehrt wäre, zum anderen hätte sie mich am nächsten Tag erneut hingeschickt. In dieser Hinsicht war sie rücksichtslos. Unabhängig davon, ob ich es wollte oder nicht, musste ich mich dieser Situation stellen. Mein unsicheres und verkrampftes Verhalten fiel meinem Vater und seiner Frau natürlich auf. Auf ihre Fragen antwortete ich nur zögerlich und wohlüberlegt. Sie haben meine Handlungen nie hinterfragt und wahrscheinlich auf eine andere Weise interpretiert. Ich war mir sicher, dass mein Vater mich als notorische Lügnerin ansah, ohne dass ich dies beabsichtigt hatte. Oft brachte ich auch meine kleine Schwester als Ablenkung mit. Seit ihrer Geburt war sie immer an meiner Seite. Mein Vater, der zu seinem ersten Sohn keine Beziehung entwickelte, fand meine kleine Schwester niedlich und knuddelte sie, was die unangenehme und peinliche Situation für mich etwas abmilderte. Trotz allem hatte ich nie den Eindruck, von dieser Familie wirklich akzeptiert zu werden. Ich fühlte mich eher als Störfaktor in ihrem Umfeld.

Es kam jetzt immer häufiger vor, dass es buchstäblich keine Nahrung im Haus gab. An solchen Tagen waren alle Anstrengungen meiner Mutter, Geld aufzutreiben, umsonst gewesen. Obwohl sie sehr einfallsreich und geschickt war, wenn es darum ging, Geld zu beschaffen, endeten diese Bemühungen an solchen Tagen oft erfolglos. Mit einer ihrer besonderen, fast kriminellen Methoden, erzielte sie zeitweise jedoch Erfolge. Ihr Vorgehen war stets gut geplant und durchdacht. Zumindest eines von uns Kindern musste immer dabei sein, meistens meine Schwester und ich. Mein Bruder konnte sich meist geschickt herauswinden oder war einfach für eine Weile unauffindbar. Meine Mutter suchte sich kleinere private Geschäfte aus, damals gab es so etwas noch, die nur einen Mitarbeiter oder Mitarbeiterin hatten. Sie beobachtete das Geschäft zeitweilig, wenn der Laden leer war, trug sie dem Inhaber oder Mitarbeiter eine traurige, zu

Herzen gehende Geschichte vor, mit dem Ziel, Geld für den Notfall zu bekommen. Natürlich „nur leihweise und bis morgen und mit großzügigen Zinsen ...", so war jedes Mal ihr Versprechen. Die rührseligen Geschichten wirkten anscheinend glaubhaft, ihr Auftreten selbstbewusst, man gab ihr fast immer, was sie wollte. Nur ganz wenige dieser gutgläubigen Menschen haben ihr Geld je wiedergesehen.

Mein Bruder und ich waren jedoch auch aktiv in dieser Zeit. Wir bemühten uns auf unsere eigene Weise, einen Beitrag zum Haushaltseinkommen zu leisten. Es war damals üblich, dass Schüler nach der Schule Altstoffe sammelten, um ihr Taschengeld aufzubessern oder die Klassenkasse zu unterstützen. So sammelten auch wir nach der Schule Altpapier und leere Flaschen. Nicht, um unser eigenes Taschengeld zu erhöhen – das bekamen wir natürlich nicht – sondern um das Geld anschließend unserer Mutter zu übergeben. Besonders erfolgreich waren wir beim Sammeln in den Häusern der Karl-Marx-Allee. Dort machte es Spaß und war zudem sehr profitabel. Es gab Fahrstühle, auf jeder Etage waren Müllschlucker, in denen gebündeltes Altpapier und Flaschen von den Mietern zum Abholen abgestellt wurden. Mein Bruder, unsere kleine Schwester und ich zogen nach der Schule mit unserem alten Kinderwagen stundenlang von Haus zu Haus. Wir durchstreiften die Gegend und sammelten alles, was wir finden konnten. An manchen Tagen war dies ein lukratives Unterfangen, und wir kehrten müde, aber mit 20 Mark oder mehr nach Hause zurück – ein beträchtlicher Betrag für uns. Wir übergaben stolz das verdiente Geld an unsere Mutter, die sich darüber freute. Leider wurden die ersten Einkäufe oft für Zigaretten, Tabletten und billigen Tischwein verwendet. Dieser war zwar gepanscht, aber preiswert, und meine Mutter konnte an manchen Tagen bis zu zwei Flaschen davon leeren. Obwohl sie die Fähigkeit hatte, gut zu kochen, fehlte es manchmal an der Motivation und den Mitteln dafür, sodass es nicht immer ein warmes Mittagessen gab. Bis heute habe ich nie wieder Weiße Bohnen angerührt, denn sie sind eine der Mahlzeiten, die mir besonders im Gedächtnis geblieben sind. Diese wurden oft mit Kartoffeln und etwas Schmalz serviert. Ebenso häufig standen Pellkartoffeln mit Hering oder Brot mit Margarine und Zucker darauf auf dem Speiseplan. Obwohl Lebensmittel in der DDR im Allgemeinen nicht teuer waren, bestanden unsere Einkäufe tatsächlich aus preisgünstigen Produkten. Die billigste Margarine »Sonja«

kostete fünfzig Pfennig, »Marina«, eine bessere Sorte, fünfundzwanzig Pfennig, und »Sahna« eine Mark. Obwohl diese Lebensmittel unsere Mägen füllten, sättigten sie nicht wirklich. Manchmal hatten wir jedoch nicht einmal das. In solchen Fällen wurde ich mit einer großen Schüssel zu einer freundlichen Verkäuferin in den Fischladen um die Ecke geschickt. Da wir dort bereits bekannt waren, hatte sie Mitleid mit uns Kindern und schenkte uns die übrig gebliebene Heringslake. Es handelte sich nur um die pure, saure Lake, ohne den Fisch. Diese »Mahlzeit«, zusammen mit einem Stück Brot, wurde dann zu einem kleinen Festessen für uns.

Im Vorderhaus unseres Hauses befand sich, welch ein Zufall, eine Gaststätte, deren Küchenzugang im Seitenflügel war. Auch von dort versorgte man uns aus Mitleid gelegentlich mit übrig gebliebenen Essensresten vom Restaurant. Mir war das sehr unangenehm, denn dort arbeitete auch die Mutter einer Schulkameradin. Natürlich erfuhr sie davon und ich war aufs Neue unfreiwillig in der Klasse Gesprächsthema. Man tuschelte, zeigte auf mich, grinste. Ich wäre sehr gern unsichtbar gewesen.

War wieder etwas Geld im Haus, zog meine Mutter durch ihre Stammkneipen. Eines von uns

Geschwistern musste sie immer begleiten, wenn sie ausging. Meistens war es ich, da ich älter war. Trotz meiner Verachtung und schlechten Laune musste ich mit, das kümmerte sie nicht weiter. Selten ging sie alleine in Kneipen, da hatte sie ihre Prinzipien. Wenn ich mich erfolgreich wehrte, musste dafür meine zweieinhalbjährige Schwester mitkommen. Ihr machte das nichts aus; sie war der kleine Star unter den Kneipenbesuchern, jeder fand sie süß und knuddelte mit ihr herum.

Aber ich fühlte mich dabei unwohl. Dieses Gefühl hat sich bis heute nicht geändert. Die Stunden in den Kneipen waren langweilig, unerträglich und oft peinlich für mich. Zu dieser Zeit war ich gerade dreizehn Jahre alt. Die anderen Gäste, meist betrunkene Männer, machten mir Angst und waren mir unangenehm. Jedes Mal, wenn meine Mutter ein Bier oder Schnaps trank, hoffte ich, dass es das letzte sein würde. Doch sie hatte eine beeindruckende Ausdauer und bekam manchmal sogar noch zusätzlich von einem Gast etwas ausgegeben, sodass es sich endlos hinzog. Oft musste ich sie dann einige Stunden später völlig betrunken nach Hause schleppen. Ich schämte mich zutiefst und betete darum, dass uns niemand auf dem Weg begegnen und uns erkennen würde.

Als ob das bis jetzt nicht genug Elend wäre, wurden in unserer Wohnung Gas und Strom nach vielen unbeachteten Zahlungsaufforderungen abgestellt. Sie hatte wochenlang keine Rechnungen bezahlt. Es war ein Albtraum, und ich versuchte, alles geheim zu halten. Diese Situation stellte keine große Herausforderung dar, da ohnehin niemand unsere Wohnung betreten durfte. Wir Kinder haben die Gläubiger vor der verschlossenen Tür abgewiesen und auf später vertröstet. Unser Lieblingssatz war »Unsere Mama ist nicht da«. Es ist heute unvorstellbar, wie es sich damals ohne Elektrizität und Gas gelebt hat. Obwohl es zu der Zeit nicht so viele elektrische Haushaltsgeräte gab, war dies eine weitere große Einschränkung der ohnehin schon am unteren Limit angekommenen Lebensqualität. Um etwas Licht ins Dunkel zu bringen, beschlossen wir, eine große Menge Haushaltskerzen zu kaufen und sie in der Wohnung zu verteilen. Die Folge war, dass neben dem Schmutz in der Wohnung nun auch noch Berge von geschmolzenen Kerzenresten entstanden waren. Das Kochen und Waschen, wenn überhaupt, wurde den Gegebenheiten angepasst und auf den Kohleherd verlegt. Doch dafür benötigten wir Brennmaterial. Mein Bruder und ich wurden losgeschickt, um Holz, Papier und sogar alte Kleidung, die überall herumlagen, zu beschaffen. In den wärmeren Monaten funktionierte das einigermaßen gut, aber für den Winter benötigten wir natürlich Kohle, nicht nur zum Kochen und etwas Waschen, sondern auch, um das einzige Zimmer zu heizen. Manchmal haben wir Briketts in kleinen Mengen von einem Kohlenhändler gestohlen. Bei Einbruch der Dunkelheit zogen wir dann mit einem Sack los. Wenn wir Glück hatten, kehrten wir mit einigen Briketts zurück und konnten schließlich ein warmes Zimmer genießen. Wenn wieder Geld vorhanden war, kauften wir einen Zentner Kohle beim Händler um die Ecke. Den Sack brachten wir dann mit einem geliehenen Wagen nach Hause. Leider blieb die Wohnung meistens kalt, und wir mussten uns in unseren mit Dreck bedeckten Kleidern in die Betten kuscheln. Wir hatten uns längst an diese Lebensumstände gewöhnt. Ich erinnere mich nicht daran, dass unsere Mutter besonders liebevoll zu uns war, uns in den Arm nahm oder uns tröstete. An die wenigen, aber sehr geschätzten Gespräche zwischen meiner Mutter und mir vor dem Einschlafen erinnere ich mich dafür immer noch gerne. In diesen Momenten war sie nüchtern, was ich besonders genoss, und sie erzählte mir von ihrer Kindheit und ihrem Elternhaus. Sie sprach von ihrem strengen und beinahe tyrannischen Vater, unter dem sie und auch ihre sehr liebevolle Mutter gelitten hatten. Bedauerlicherweise hatten wir Kinder sie nie kennengelernt. Von schlimmen, traurigen und entsetzlichen Ereignissen, die ihr als junges Mädchen im Krieg widerfahren waren. Ich lauschte ihren Erzählungen wie gebannt und ermüdete nie, ihr immer neue Fragen zu stellen, bis einer von uns vor Erschöpfung schließlich einschlief. Diese Gespräche waren für mich wundervolle und bis heute unvergessliche Momente inmitten des ansonsten düsteren Zusammenlebens. Leider waren sie viel zu selten. Es gab jedoch auch andere, weniger angenehme Situationen. Wenn wir von ihr geschlagen wurden, schonte sie uns nicht, griff auch oft zu Bügeln oder einem Gürtel, um uns zu disziplinieren. In der Schule lief es für mich nicht optimal. Ich war weder dumm noch faul, fühlte mich jedoch dort unwohl und hatte nur wenige Freunde. Ich spürte deutlich, dass meine Klassenkameraden mich ablehnten, weil ich anders war als sie. Oft fehlte mir das nötige Schulmaterial. Ich schummelte mich durch und griff regelmäßig zu Ausreden wie »Habe ich vergessen«, »Habe ich verloren« oder

»Wird morgen gekauft«. Durch mein häufiges Fehlen ließen meine schulischen Leistungen natürlich etwas nach.

Im März 1963 fand meine Jugendweihe statt. Dies war ein besonderes Ereignis für uns Vierzehnjährige und markierte den ersten Schritt in die Welt der Erwachsenen. Die feierliche Zeremonie wurde im »Kosmos«, dem damals größten Großraumkino der DDR in der Karl-Marx-Allee, abgehalten. Für diesen Tag gab sich meine Mutter wirklich Mühe, um mir eine angenehme Zeit zu bereiten. Obwohl Geld wie immer knapp war, schaffte sie es auf mysteriöse Weise, ein brandneues Kleid für mich zu besorgen. Ich war überglücklich und sehr stolz auf das neue Kleid und mich selbst. Ich durfte sogar zum Friseur gehen, und eine Nachbarin lieh mir eine Handtasche und eine Halskette, da meine Mutter gelegentlich mit ihr das ein oder andere Glas trank. All dies ließ mich wirklich wie eine erwachsene Person fühlen, auch wenn es etwas ungewohnt für mich war. Die offizielle Jugendweihefeier war aufregend. Wir erhielten das Buch »Weltall Erde Mensch« überreicht, begleitet von bedeutungsvollen Worten. Nach dem offiziellen Teil trennten sich alle in feierlicher Stimmung, um private Feiern in den Familien zu beginnen. Für mich war dieser besondere Tag jedoch schnell vorbei. Es gab keine Feier, keine Geschenke und keine Gäste. Ein paar Tage später folgte dann auch noch die Enttäuschung. Ich musste nicht nur die geliehene Kette und Tasche zurückgeben, sondern auch das neue hübsche Kleid. Es wurde vom Geschäft wieder abgeholt, das einzige Andenken an meine Jugendweihe. Meine Mutter hatte es nicht bezahlt. Abgesehen von ein paar Fotos blieb nichts von diesem Tag übrig.

Im selben Jahr beschlossen meine Mutter und ich, dass ich die Schule nach der 8. Klasse verlassen sollte. Der Beginn einer Lehre würde die Familie finanziell unterstützen, da ich dann Lehrlingsgeld erhalten würde. Ich war begeistert von der Idee, endlich die ungeliebte Schule verlassen zu können und eigenes Geld zu verdienen. Gemeinsam informierten wir uns über mögliche Lehrstellen und stellten den erforderlichen Antrag in der Schule. Zu dieser Zeit wusste ich eigentlich bislang nicht genau, was ich lernen wollte oder sollte. Es war ein langgehegter Wunsch meinerseits, mit Kindern zu arbeiten. Um diesen Wunsch zu verwirklichen, hätte ich die 10. Klasse abschließen müssen, was zunächst nicht möglich war. Letztlich entschied ich mich für eine Lehre als »Verkäuferin für Lebensmittel«, obwohl dies nicht meine Traumausbildung war. Die Aussicht auf das Lehrlingsgeld war jedoch überzeugend genug für meine Mutter, also fügte ich mich dem Entschluss. Im September begann ich meine Ausbildung in einem HO-Lebensmittelgeschäft im Bezirk Lichtenberg. Die Lehre sollte drei Jahre dauern, wobei das Gehalt im ersten Jahr bei sechzig Ostmark, im zweiten Jahr bei achtzig Mark und im dritten Jahr bei einhundertfünfzehn Ostmark gelegen hätte. Doch ich hielt nicht so lange durch. Nach nur einem halben Jahr gab ich frustriert auf, da dieser Beruf absolut nicht zu mir passte.

Von meinem Lehrlingsgeld durfte ich ohnehin kaum etwas behalten, meine Mutter war stets zur Stelle, um es direkt am Zahltag einzufordern. Meine Entscheidung, die Lehre abzubrechen, wurde überraschenderweise positiv von meiner Mutter aufgenommen. Dies lag jedoch daran, dass sich unerwartet eine viel bessere Möglichkeit ergab. Ein Hundesalon in der Nähe suchte dringend nach einer Mitarbeiterin. Ich war begeistert, bewarb mich und wurde sofort eingestellt. Die Arbeit mit Tieren bereitete mir Freude und brachte zudem ein deutlich besseres Einkommen. Fortan war ich richtig im Berufsleben angekommen, wenn auch nur als angehende Fachkraft, verdiente aber mein eigenes Geld. Es war ein so gutes Gefühl. Im Alter von vierzehn Jahren fühlte ich mich plötzlich vollwertig und sehr erwachsen. Die Arbeitszeit war von Montag bis Freitag von 9:00 bis 18:00 Uhr, samstags frei. Zu dieser Zeit stellte das noch eine Ausnahme dar. Meine Ausbildung übernahm die Besitzerin des Salons und eine junge Mitarbeiterin. Ich war schnell in der Lage, den verschiedenen Hunderassen einen perfekten Schnitt zu verpassen. Die Arbeit bereitete mir große Freude und mit der jungen Kollegin entwickelte sich bald eine angenehme Freundschaft. Mein monatlicher Verdienst betrug etwa 280 Ost-Mark und es gab täglich noch Trinkgeld. Das war sehr viel Geld für mich. Es hätte alles so gut sein können, wenn nicht meine Mutter gewesen wäre, die immer Geld benötigte, um ihre Sucht zu finanzieren oder überhaupt zu existieren. Sie aß zu wenig, trank aber viel. Bier war flüssiges Brot, so lautete ihre Devise. Oft stand sie zum Feierabend vor unserem Geschäft und forderte das Trinkgeld des Tages von mir. Manchmal stelle ich mir die Frage, ob es besser gewesen wäre, ihr das Geld nicht zu geben und mich vollständig von ihr zu distanzieren. Aber sie war meine Mutter, ich fühlte mich für sie trotz alledem immer verantwortlich. Mein Gehalt am Ende eines Monats wurde fast komplett für den Unterhalt unserer Familie ausgegeben. Für mich war nur wenig, manchmal auch gar nichts übrig. Ich war ein Teenager, und ich hatte Wünsche und Träume wie alle Mädchen in meinem Alter. Viele Mädchen aus meiner Schule waren schon mit einem Freund zusammen. Ich war nie modisch auf dem neuesten Stand. Bis jetzt schaute mich noch kein Mann an. Aber dafür wagte ich schon mal einen Blick und hatte so meine kleinen Träume.

Wurde von meiner Mutter mitunter zumindest ein Teil der Stromschulden beglichen, gab es wieder für eine unbestimmte Zeit Elektrizität in der Wohnung. Das war wohl der Grund für das, was dann passierte. Ich war beim Bügeln und als ich anschließend die Wohnung verließ, muss ich wohl vergessen haben, das Bügeleisen von der so ungewohnten Stromquelle zu trennen. Die Anrichte, die als Bügeltisch genutzt wurde, war an einer Stelle angeschmort, es entwickelte sich Rauch und Nachbarn riefen daraufhin die Feuerwehr. Nachdem sich der Rauch in der Wohnung verzogen hatte, kam etwas ans Licht, was die Feuerwehrleute, aber auch die Nachbarn nicht erwartet hatten. Die Wohnung, in der drei Kinder lebten, war sehr verwahrlost. Bevor wir mitbekommen hatten, was vorgefallen war, stand das Jugendamt vor der Tür. Wegen der kriminellen Auffälligkeiten meines Bruders war unsere Familie ohnehin schon bekannt. Deshalb ging alles schnell. Meine Geschwister wurden sofort in verschiedene Heime verlegt. Man brachte meinen Bruder in das Kinderheim Königsheide und meine Schwester in ein Heim in Pankow. Da ich kurz vor meinem achtzehnten Geburtstag war, blieb ich verschont.

Meiner Mutter wurde das Sorgerecht für meine Geschwister umgehend entzogen. Wir standen alle unter Schock. Für meine Geschwister war dieser Tag ein schreckliches Ereignis. Meine Schwester wurde gerade erst eingeschult, da sie aufgrund ihrer Unreife um ein Jahr zurückgestellt wurde. Sie wurde nun aus ihrer vertrauten Umgebung gerissen und von den Geschwistern und der Mutter getrennt. Dies verankerte sich tief in ihrer Seele. Im Heim wurde sie sehr krank und konnte den Unterrichtsstoff bald nicht mehr nachholen. Daraufhin wurde sie wieder zurückgestellt und musste die erste Klasse später zum dritten Mal beginnen. Während ihrer gesamten Schulzeit fiel es ihr schwer, zu lernen. Nach heutigem Wissen hätte man ihr eine Lese-Rechtschreibschwäche diagnostiziert und ihr helfen können. Aber damals wurde es nicht erkannt. Sie schaffte es jedoch, sich mit etwas Glück und Raffinesse durch die Schulzeit zu kämpfen und einen vernünftigen Schulabschluss zu erlangen. Ich habe große Hochachtung vor ihr, dass sie das mit viel Mühe, großem Aufwand und ein paar Tricks geschafft hat.

Ich wollte mich aus dieser Misere befreien, aus dem verhassten Milieu. Mithilfe meiner damaligen Arbeitgeberin, der meine katastrophale Lage und meine anhängliche, immer fordernde Mutter nicht verborgen blieben, suchten wir nun eine Wohnung für mich. Dank ihrer geschäftlichen Kontakte gelang dies sehr unerwartet schnell. Vor meinem achtzehnten Geburtstag hatte ich bereits einen Mietvertrag für meine erste eigene Wohnung unterzeichnet.

Sie befand sich in der Fruchtstraße, der heutigen Straße der Pariser Kommune. Die Miete betrug achtzehn Ostmark pro Monat. Die Wohnung war nicht schön. Sie bestand nur aus Küche, Wohnzimmer und Flur. Von der Küche aus ging es sofort in das einzige Zimmer. Mein kleines Paradies. Meine damalige Chefin ermöglichte es mir, ein altes Bett, zwei Kommoden, Tisch und Stühle zu besorgen. Als Nachttisch diente eine leere Kiste, die ich mit einer Decke verkleidete. In der Küche war ein alter Küchenschrank. Der Schrank war noch vom Vormieter. Die Dielen knarrten. Die Tapete war alt und hässlich. Aber ich hatte ein neues Zuhause. Meiner Mutter passte mein Auszug natürlich nicht. Sie sah ihre Geldquelle entschwinden. Sie wäre jedoch nicht meine Mutter gewesen, wenn sie sich selbst in dieser Situation nicht hätte helfen können. Wie bereits zuvor stand sie fast jeden Abend vor

meiner Arbeitsstelle und forderte das Trinkgeld. Erst begann sie zu bitten, blieb ich eisern und verweigerte ihr das Geld, wurde die nächste Stufe genommen.
Der Ton änderte sich, sie schnauzte, wurde böse und verletzend. Spätestens jetzt gab ich den Widerstand auf. Diese Demütigungen taten weh. Ich hatte wieder nur das Nötigste zur Verfügung. Meine erste von meinem verdienten Geld zusammengesparte Anschaffung war ein kleines Transistorradio aus zweiter Hand. Die meisten Jugendlichen in der DDR waren stolze Besitzer eines solchen kleinen Radios und auch bei mir war es ganz oben auf der Wunschliste. Es war mir eine Freude, diesen Traum endlich verwirklichen zu können. Ich bummelte stolz mit lauter Musik durch die Straßen und hielt mein kleines Radio im Arm. Endlich konnte ich mich mit den anderen Jugendlichen messen. Bedauerlicherweise war die Freude darüber nur kurz. Meine Mutter benötigte immer Geld. Aber dieses Mal konnte ich es ihr nicht geben. Deshalb hatte sie die Idee, dieses kleine Radio, mein ganzer Stolz, für eine kurze Zeit zur Pfandleihe zu bringen. Ich hatte keine Möglichkeit, ihr dies auszureden, daher willigte ich ein. Sie versprach, sie würde es umgehend wieder auslösen. Ich habe das kleine Radio nie wiedergesehen.

Meine Mutter musste aufgrund ihrer Mietschulden nun auch die Wohnung in der Warschauer Straße räumen. Die neue Unterkunft sollte nahe dem Ostbahnhof und in der Friedrichsfelder Straße liegen. Die Behausung, die man nicht anders bezeichnen konnte, war jetzt die Krönung. Es war wirklich noch bedrückender, noch trostloser als zuvor. Zwei kleine Durchgangszimmer, eine Küche und eine Toilette auf dem Hof.

Dort fühlten sich die Ratten sehr wohl. Ein Albtraum. Wir organisierten den Umzug selbst; ein Handwagen wurde besorgt und die wenigen Möbel wurden darauf verstaut. Mein Bruder, der vom Heim Urlaub bekommen hatte, kutschierte das Gefährt während seiner Freistunden durch die Straßen. Wenn er am Wochenende nicht in das Heim zurückkehren wollte, schlief er in einem schmalen Zimmer, das nur mit einer Couch ausgestattet war. Die Ehebetten aus alten Zeiten und ein altes Sofa befanden sich im anderen, etwas größeren Zimmer. Mich gruselte es immer wieder, wenn ich in der Wohnung war.

Meine Schwester besuchte ich regelmäßig im Heim und holte sie an den Wochenenden in meine kleine Wohnung. Ich war mittlerweile volljährig und war somit der einzige Ansprechpartner in unserer Familie für die Heimleitung. Meiner Mutter wurde das Sorgerecht sowie das Besuchsrecht für beide

Geschwister entzogen. Trotzdem ermöglichte ich meiner Schwester heimlich, ihre Mutter zu sehen. Ich wusste nicht, ob dies eine gute Entscheidung für meine Schwester war, aber sie war noch so klein und hing noch sehr an ihrer Mama.

Nun hatte auch ich einen richtigen Freund. Er hieß Toni, war ein paar Jahre älter als ich und wir waren ziemlich verliebt. Es war sicher nicht die große Liebe, die uns beide verband, aber wir verbrachten eine schöne, kurze Zeit miteinander. Ziemlich schnell wurde er für mich zu fordernd, zu besitzergreifend und ich beendete daraufhin kurzerhand die Beziehung.

Meine Mutter lebte weiterhin mit ihrer Alkohol- und Tablettensucht und Schulden. Sie vernachlässigte sich. Immer mehr gesundheitliche Beschwerden traten auf. Sie nahm zu wenig Nahrung zu sich, trank jedoch regelmäßig weiter. Sie hatte sich inzwischen auch auf härtere Getränke wie Wodka oder Klaren umgestellt. In dieser Wohnung, in der sie alleine lebte, war es ihr nicht möglich, ihren Haushalt in Ordnung zu halten. Es ist mir bis heute unbegreiflich, warum sie es nie geschafft hat, benutztes Geschirr sofort abzuwaschen und Speisereste zu entsorgen. Wieder stapelten sich Teller und Tassen mit vergammeltem Essen in der Küche; es war unangenehm. Die leeren Schnapsflaschen wurden in den Schränken versteckt. „Ich bin keine Alkoholikerin", sagte sie, als ich sie daraufhin ansprach. Sie hinterfragte nicht ihr eigenes Leben und das ihrer Kinder. In Abständen entrümpelte ich in einer Großaktion die Wohnung, putzte die Fenster und nahm die Berge von schmutziger Wäsche zum Waschen mit zu mir nach Hause. Ich kaufte noch einige Lebensmittel für sie ein und bereitete etwas zu essen für sie vor. Mit dem Gefühl, sie versorgt und damit meine Pflicht erfüllt zu haben, verließ ich schließlich ihre Wohnung. Es brauchte nur ein paar Tage. Danach war alles wie vorher.

Mein Bruder wandelte auf der schiefen Bahn weiter. So hat er jetzt auch den Jugendwerkhof kennengelernt. Diese Einrichtung wurde in der DDR für straffällig gewordene Jugendliche unter achtzehn Jahren eingerichtet. Er hat niemals mit jemandem über seine Erlebnisse und Behandlungen gesprochen, die er dort erlebt hat.

Nach der erzwungenen Rückkehr meines Vaters in die DDR hatte zumindest ich nun mehr Kontakt zu meinem Vater. Gleichfalls zu meiner Oma, seiner Mutter. Ich traf meinen Vater und

seine neue Familie am Samstag zu Hause oder in ihrem Garten. Meine Großmutter war dann in der Regel anwesend. Gelegentlich nahm ich die beiden Jungen, die ja meine Halbgeschwister waren, mit auf den nahe gelegenen Spielplatz. Die beiden freuten sich sehr darüber und so hatten wir alle viel Spaß.
Ich hatte schon lange den Wunsch, mit Kindern zu arbeiten.
Trotz meiner Freude an der Arbeit im Hundesalon habe ich mich entschieden, eine Stelle als Erziehungshelferin in einer Kinderkrippe in Alt-Stralau zu suchen. Durch die Betreuung meiner Geschwister wusste ich, was mich erwarten würde. Ich hatte Glück und fand diese Position in einer Wochenkrippe für Kinder zwischen zwei und drei Jahren. Mein Anfangsgehalt lag bei 320 Mark. Ich fühlte mich bei der Arbeit mit den Kindern sehr wohl. Die Leiterin der Einrichtung war mit meiner Arbeit und mir zufrieden und vertraute mir schnell eine Gruppe an. Das waren zur damaligen Zeit ungefähr fünfzehn Kinder. Ich arbeitete in zwei Schichten, früh von 6:00 bis 15:00 und spät von 12:00 bis 21:00. Gelegentlich musste auch eine Nachtschicht geleistet werden. Mit Annemarie, einer angenehmen Kollegin, entwickelte sich bald ein ganz besonderes vertrauensvolles Verhältnis. Sie wurde für mich zu einer engen Freundin und Beraterin in allen Lebenslagen.

Die schulischen Leistungen meines Bruders waren mehr als unzureichend. Sein häufiges Fehlen, das Heim, der Jugendwerkhof, führten nicht gerade zu Höchstleistungen. Somit verließ er die Schule schon nach der siebten Klasse. Vom Jugendwerkhof wurde ihm eine Lehre als Werkzeugmacher im Werk am Ostbahnhof vermittelt. Es war nicht sein Traumjob, aber er hätte möglicherweise etwas daraus machen können, wenn er nur gewollt hätte. Es war eine Chance. Doch er nutzte sie nicht. Einige Monate später sollte sich alles grundlegend ändern. Mein Bruder war Mitglied der Werksfeuerwehr. Diese Situation sollte ihm zum Verhängnis werden. Wie bereits erwähnt, hatte er schon als Kind eine Affinität für Feuer. Nun war er sozusagen an der Quelle, wollte sich hervortun. Einmal nur wahrgenommen werden, einmal hoch angesehen sein, gelobt werden. Er legte ein Feuer und war dann auch derjenige, der es „entdeckte" und Alarm auslöste. Er hat sich mit Eifer an der Bekämpfung des Brandes beteiligt. Der Verdacht fiel sofort auf ihn und er wurde umgehend verhaftet. Was ihn dazu brachte, das zu tun, wissen wir nicht. Als die Polizei uns anrief, war der Schock groß. Obwohl ich kein sehr inniges Verhältnis zu ihm hatte, war er mein Bruder und ich war sehr traurig über seine Entwicklung. Ich war überzeugt, dass er nur Anerkennung und Aufmerksamkeit gesucht hat. Er wurde für eine Gefängnisstrafe von anderthalb Jahren verurteilt.

Im April 1969 wurde unsere Kindereinrichtung neu eingerichtet. Durch diese Aktion lernte ich Dieter, einen der Malergesellen, etwas näher kennen. Wir haben uns sehr gut verstanden und flirteten miteinander. Nachdem die Arbeiten in der Krippe nahezu abgeschlossen waren und Dieter fast vergessen war, rief er mich an. Er wollte mich treffen. Es war wirklich überraschend für mich, doch es erfüllte mich mit großer Freude. Unser erstes Treffen sollte der Beginn einer Beziehung sein, die viele Höhen und Tiefen mit sich bringt. Meine bescheidene Wohnung wirkte nicht gerade einladend für Verliebte, und sein erster Besuch bei mir war mir äußerst unangenehm. Er hatte sich nichts anmerken lassen und so war meine Verklemmtheit und Scheu auch recht schnell verflogen. Wir mochten uns und kamen uns schnell näher. Die Antibabypille gab es bisher nicht in der DDR; sie kam erst 1970 auf den Markt. Ein paar Monate später kam bei mir der Verdacht auf, schwanger zu sein. Es handelte sich lediglich um einen Verdacht, an den ich bisher nicht glaubte. Mein Kinderwunsch war groß, sollte er sich jetzt so schnell erfüllen? Ich war wirklich überrascht, als der Arzt mir die Schwangerschaft einige Wochen später bestätigte. Alles in meinem Inneren jubelte.

Ich freute mich wahnsinnig. Wie immer bei positiven Nachrichten kam es sofort zu Zweifeln. Könnte es sein, dass sich der Arzt geirrt hat? Er hatte sich nicht geirrt.

Dieter nahm die Botschaft zwiespältig, jedoch sehr gefasst entgegen. Ich aber habe diese Schwangerschaft in vollen Zügen genossen. Ich hatte keine Übelkeit und nahm die aufkommenden Fressattacken einfach hin. Es fühlte sich an, als wäre es ein Traum. Ich beobachtete jede kleine Veränderung meines Körpers und empfand es als ein Wunder. Ich hatte bald mehr Gewicht als vorher. Es war alles herrlich, ich genoss die Monate und freute mich unbändig auf dieses kleine Wesen. Zu dieser Zeit gab es noch keine Möglichkeit, mit Ultraschall das Geschlecht vorauszusagen. Egal, ob es sich um einen Jungen oder ein Mädchen handelte, ich war sehnsüchtig und ungeduldig. In den letzten Monaten meiner Schwangerschaft war der Kontakt zu Dieter, dem zukünftigen Vater, etwas eingeschränkt. Seine Besuche wurden geringer, was ich jedoch nicht negativ sah. Erstens hatte ich mit mir und meinem nicht unerheblichen Leibesumfang zu tun und zweitens war ich überzeugt, er konnte mit meinem Zustand nichts anfangen. Ich war nicht nur runder geworden, sondern auch in meinem Wesen verändert.
Nach mehreren schriftlichen Eingaben beim Wohnungsamt wurde mir endlich eine Wohnung

in der Kopernikusstraße, einer Nebenstraße der Warschauer Straße, zugewiesen. Es war zwar nur eine Einzimmerwohnung, aber zumindest hatte ich bereits eine Innentoilette, was ein bedeutender Fortschritt war. Vom Fenster des Wohnzimmers aus konnte man auf einen zweiten Hof, ein Fabrikgelände, blicken. Überraschenderweise war es mein Vater und baldiger Großvater, der mir jetzt ein wenig zur Seite stand. Er beteiligte sich finanziell bei dem Kauf eines Wohnzimmerschrankes und einer kleinen Anrichte. Ich kaufte einen Teppich und andere Sachen, die man benötigt, von meinem ersparten Geld. Meine Mutter kam zu mir und es gab kaum einen Tag, an dem wir nicht miteinander in Streit gerieten. Ihre Methoden blieben gleich. Sie ging immer als Sieger hervor. Sie erhielt alles, was sie wollte; wenn sie dann endlich gegangen war, hinterließ sie ein Häufchen Elend.

Es war meine erste Schwangerschaft und ich war ängstlich, wollte nicht alleine sein, falls es so weit sein sollte. Demnach verbrachte ich die letzten Tage bis zum angegebenen Entbindungstermin wenigstens nachts bei meiner Mutter. Es war mir nicht leichtgefallen, aber ich hatte keine andere Wahl. Dieter war für mich keine Option mehr. Ich wusste bereits, dass er wieder mit seiner Ex-

Freundin zusammen war. Dies war für mich eine unangenehme Erfahrung, da es nicht das erste Mal war. Diese Dame hatte noch immer großen Einfluss auf ihn und es zog ihn immer wieder zu ihr hin. Andererseits war ich auch nicht ganz schuldlos an dieser Situation und konnte ihm diesen Schritt nicht verübeln. Die Geburt sollte im Februar stattfinden. Mein zukünftiges Kind hat ein Einsehen und erlöste mich bereits einige Tage früher. Abends gegen 22 Uhr spürte ich, dass es nun wohl so weit sein würde. Es kam zu einem Blasensprung. Jetzt war mir alles, was mit mir geschehen würde, egal. Meine Mutter beruhigte mich und wir machten uns sofort, zunächst zu Fuß, dann per Bus, auf den Weg zum Krankenhaus. Es war verrückt und leichtsinnig, da ich eigentlich mit einem Blasensprung hätte liegend transportiert werden müssen. Aber alles ging gut. Ich war froh und dankbar, meine Mutter in diesem Moment in meiner Nähe zu haben. Bereits wenige Minuten nach der Ankunft im Krankenhaus begannen die ersten Wehen. Die Schwester begann mit der Vorbereitung auf die Geburt. Ich war wie in Trance und ließ alles mit mir geschehen. Ich wusste nur, in den nächsten Stunden würde ich mein Kind in die Arme nehmen. Die Stunden verliefen sehr schmerzhaft. Es sollte noch etwas dauern … erst am nächsten Morgen gab man mir die alles entscheidende Spritze und schon ging es los. Die Presswehen setzten ein. Oh weh, dagegen waren die Wehen

vorher ja reiner Kinderkram. Jetzt wurde es um mich herum sehr hektisch. Ich war umgeben von mehreren Hebammen und Ärzten. Sie redeten mit mir und gaben mir Anweisungen. Ich ließ alles, wirklich alles mit mir geschehen. Endlich war es dann vorbei. Um 7:10 Uhr war er da. Mein Sohn. 4120 Gramm schwer und 53 cm groß. Es war ein sehr kalter und verschneiter Tag im Januar 1970. Es war der schmerzhafteste, aber auch der schönste Tag meines Lebens.
Als die Hebamme mir das kleine Wesen auf die Brust legte, war ich überwältigt. Und ich versprach, dass ich für dieses Kind da sein werde und ihm eine unbeschwerte Kindheit ermöglichen würde. Mein Wunsch war es, ihn von meiner Mutter fernzuhalten. Ich weiß heute, dass diese Entscheidung vielleicht ein Fehler war. Möglicherweise habe ich ihm dadurch einen großen Teil meines Lebens und des Lebens allgemein vorenthalten. Doch zum damaligen Zeitpunkt gab es nur diesen Weg für mich und der fühlte sich gut und richtig an.
Auf den Wunsch von Dieter erhielt er den Namen Sascha. Am frühen Nachmittag besuchte uns der frisch gebackene Vater, der sehr verlegen und hilflos seinen kleinen Sohn ansah. Allmählich kamen einige Besucher, um das hübscheste Baby dieses Tages zu sehen. Mein Vater, jetzt Großvater und seine Frau ließen es sich nicht nehmen, den ersten Enkel zu sehen. Das war der

einzige kurze Moment, in dem mein Vater sich als Großvater fühlte. So wie er meinem Bruder und mir nie ein Vater gewesen war, zeigte er auch als Großvater in den kommenden Jahren kein Interesse an seinem Enkel. Großvater und Enkel waren sich stets fremd geblieben. Kurz darauf erschienen meine Mutter, mein Bruder und meine Schwester sowie meine Kolleginnen aus der Kinderkrippe. Nach knapp zwei Wochen Klinikaufenthalt, aufgrund einiger kleiner Probleme, wurde ich mit einem kleinen Bündel Mensch im Arm nach Hause entlassen. Dieter brachte seinen Sohn und mich mit einem Taxi nach Hause. Jetzt war die Zeit gekommen, um ein neues und hoffnungsvolles Leben zu beginnen. Ein Leben, das ich selbst gestalten kann, mit viel Liebe und Verantwortung für meinen Sohn.

Mein zweites Leben

1970 – 1986

Nach der Entlassung aus dem Krankenhaus hatte ich acht Wochen Zeit, mich an meine neue Rolle als stolze Mama und damit auch an mein neues, verantwortungsbewusstes Leben zu gewöhnen. So lange galt in der DDR das Mutterschutzrecht nach der Geburt. Ich habe diese Zeit mit großer Freude genossen und konnte mich nicht sattsehen an diesem winzigen Wesen. Ich war so unendlich stolz auf ihn, aber auch ein kleines bisschen stolz auf mich. Zum ersten Mal war ich in meinem Leben glücklich. Durch meine Arbeit in der Kinderkrippe war ich nicht ungeschickt im Umgang mit meinem Baby. Dennoch gab es immer wieder Situationen, in denen ich einen Tipp oder Hilfe benötigt habe. Zu diesem Zeitpunkt war die Säuglingsfürsorge der erste Anlaufpunkt. Die jungen Muttis mussten dort für eine gewisse Zeit nach der Geburt zur allgemeinen Kontrolle erscheinen. Der Gesundheitszustand des Kindes wurde überprüft, es wurde gewogen, gemessen und auch einige Fragen der jungen Muttis beantwortet. Solange man stillte, wurden noch paar Ost-Mark Stillgeld ausgezahlt. Meine Kolleginnen kamen bald zu Besuch und brachten Geschenke mit. Auch meine Großmutter ließ es sich nicht entgehen und wollte ihren ersten Urenkel begutachten. Ich fühlte mich in meiner neuen Rolle als Mama sehr wohl, respektiert und erwachsen. Meine kleine Schwester war mit ihren zehn Jahren nun auch Tante geworden. Doch anfänglich war sie nicht wirklich erfreut, wie sie mir Jahre später einmal mitteilte. Kindliche Eifersucht stellte sich ein. Bisher stand sie im Mittelpunkt, meine Fürsorge galt stets nur ihr. Plötzlich tauchte ein fremdes Wesen in ihre kleine Welt ein und machte ihr den Platz streitig. Sie war zumindest davon überzeugt und hatte den Eindruck, dass mein eigenes Kind jetzt an ihre Stelle treten würde und für sie keine Zeit mehr bliebe. Es erfüllte sie mit Trauer. Selbstverständlich waren ihre Befürchtungen unbegründet, da ich sie noch genauso liebte wie zuvor. Aber so ganz Unrecht hatte sie natürlich nicht. Ich war zeitlich anders eingespannt und hatte andere Prioritäten gesetzt. Die Zeit zu Hause verging wie im Fluge, und nach acht Wochen erhielt ich die Nachricht über einen Krippenplatz ganz in meiner Nähe. Das war unerwartet schnell. Normalerweise mussten wir in der DDR länger auf einen Platz warten. Bis zu diesem Zeitpunkt hatte ich nie einen Vorteil in meinem Leben gehabt, doch jetzt war ich sozusagen privilegiert, da ich selbst in einer Kinderkrippe tätig war. Ich wurde tatsächlich bevorzugt behandelt, aber genau das konnte ich jetzt nicht gebrauchen. Ich war überrumpelt von dieser Nachricht. Dieses winzige kleine Menschlein, gerade mal acht Wochen auf dieser Welt, sollte ich den ganzen Tag anderen Menschen anvertrauen und mich für Stunden von ihm trennen? Unvorstellbar und schmerzhaft. Aber es half kein Jammern, ich musste und wollte auch Geld verdienen. Also brachte ich meinen Sohn schweren Herzens tagsüber in die Säuglingseinrichtung. Es war ein ungewöhnliches Gefühl, als die Schwester mit dem Kleinen auf dem Arm verschwand. Ich kam weinend auf der Arbeit an. Die kommenden Wochen verliefen problemlos. Morgens brachte ich den Kleinen in die Krippe, abends holte ich ihn wieder ab. Solange ich Frühdienst hatte, war das auch in Ordnung. Ich wusste jedoch, dass ich bald wieder für den Nachtdienst eingeteilt werden würde. Die Schonfrist war abgelaufen. Wohin dann mit dem Kleinen? Es gab niemanden, dem ich ihn anvertrauen könnte. Es blieb nur eine Lösung, ob sie mir gefällt oder nicht. Ich begann, nach einer anderen Arbeit zu suchen. Überraschend schnell gelang mir dieser Erfolg. Mein letzter Arbeitstag fand im April statt. Der Abschied von der Krippe fiel mir schwer. Ich habe mich immer sehr wohlgefühlt und war von netten Kolleginnen umgeben. Es war schmerzlich, diesem tollen Team, insbesondere meiner vertrauten Freundin Annemarie, Tschüss sagen zu müssen. Wir haben uns beide beruflich verändert, doch wir blieben immer in Kontakt.

Mein zukünftiger Arbeitgeber war die Deutsche Post. Die Arbeit in der EDV-Abteilung war für mich neu und anders als vorher. Aber ich war immer aufgeschlossen gegenüber Neuem. Es bereitete mir große Freude, mein Wissen und meine Fertigkeiten zu erweitern. Ich arbeitete schnell an den verschiedensten EDV-Geräten, war flink, hatte eine schnelle Auffassungsgabe und qualifizierte mich stetig weiter. Mein Versuch, einen Abstand zu meiner Mutter herzustellen, war erfolglos. Ich war räumlich von ihr getrennt. Aber mehr konnte ich nicht machen. Sie hatte schon immer ein Gespür dafür entwickelt, wo, wie und wann Geld zu holen war. Traf sie mich in meiner

Wohnung nicht an, machte sie auch vor meiner Arbeitsstelle keinen Halt. Sie hat mich angerufen oder andere Tricks benutzt, um Geld von mir zu bekommen. Sie scheute sich auch nicht davor, mich vor meinen Kollegen und Vorgesetzten zu attackieren.

Mein Verhältnis zu Dieter verbesserte sich in dieser Zeit nur geringfügig. Die Trennung von seiner Freundin führte dazu, dass er sich nun häufiger bei uns aufhielt. Wir wurden wieder ein wenig vertrauter miteinander. Wir hatten sogar einen Wimpernschlag lang über eine Heirat nachgedacht. Ebenso schnell wie die Frage aufkam, war das Thema wieder beendet. Von meiner Seite aus war eine Ehe nicht in Erwägung zu ziehen. Das wollte ich einfach nicht. Wir hatten kaum oder gar keine Gemeinsamkeiten. Unsere Interessen waren vollkommen unterschiedlich. Er war ein Macho, der es liebte, in Kneipen zu sitzen, mit seinen Kollegen zu trinken, zu rauchen und zu sprechen.
Es war und bleibt der absolute Horror für mich. Aufgrund meiner bisherigen Erfahrungen hatte ich eine große Aversion gegen dieses Verhalten und wollte es nicht erneut ertragen müssen. Deshalb gab es jedes Mal erneut Diskussionen. Hinzu kam, dass in der Wohnung für drei Personen absolut kein ausreichender Platz

vorhanden war. Die einzige Schlafgelegenheit war eine Klappcouch. Wir hätten vielleicht in einigen Jahren eine größere Wohnung bekommen, aber bis dahin musste man es erst schaffen. Ich wusste, das ist nicht der Mann, mit dem ich mein Leben teilen wollte. Ich wäre froh, wenn er seinem Sohn ein verantwortungsbewusster Vater geworden wäre. Aber er schaffte es nicht.
Er zeigte kein großes Interesse. Wegen seines Alkoholkonsums und seines Rauchens gab es immer wieder Streit. Er war nicht bereit, Rücksicht auf mich oder das Baby zu nehmen. Wenn er rauchte, rauchte er. Er verstand sich ausgezeichnet mit meiner Mutter in diesem Punkt. Jeder, der mit ihr trank, wurde automatisch zu ihrem Freund und war bei ihr gerne gesehen. Es machte mehr Spaß, mit anderen zu trinken. Auf diese Weise vereint, traten nun gleich zwei gegen mich an. Sie waren sich immer einig, was das Rauchen und Trinken anbelangt. Für sie war ich zu langweilig und spießig. Regelmäßig führten ihre Besuche zu einem heftigen Krach und bösen Kommentaren. Dieter konnte meinen Zorn meiner Mutter gegenüber nicht nachvollziehen. Kaum war sie gegangen, machte er mir erneut eine Szene. Er verstand nicht den Grund meiner Aggressionen, ich hatte ihm kaum etwas über meine Mutter mitgeteilt. Zumindest fand er sie sehr gesellig und unterhaltend. Natürlich war es das, was er bei mir vermisste. Ich war langweilig. Tage mit diesen Auseinandersetzungen und

Beschimpfungen haben mir sehr zugesetzt. Wenn ich endlich wieder allein war, fiel ich regelrecht zusammen und weinte. Mein Sohn war mein Trost. Wenn ich ihn in den Arm nahm und sein Lachen hörte, war die Welt wieder im Gleichgewicht. Er gab mir die nötige Kraft zurück.

Im September 1970 erhielt unsere Abteilung eine neue Mitarbeiterin. Sie hieß Sabrina. Sie war eine junge Frau, verheiratet und hatte zwei Kinder. Anfangs mochten wir uns nicht und gingen einander aus dem Weg. Ich hatte ihr gegenüber zahlreiche Komplexe. Sie war das vollkommene Gegenteil von mir, sehr gewandt und frech und selbstsicher. Ich konnte mit ihr so gar nichts anfangen. Sie sah wohl anfangs auch nur in mir eine alleinstehende Frau, der man schon von Weitem ansah, dass es ihr nicht gut ging. Und die nicht immer auf dem neuesten modischen Stand war und häufig nicht einmal das nötige Kleingeld für die Kantine besaß. So fing es an. Aber manchmal hält das Leben Überraschungen bereit, mit denen weder ich noch sie gerechnet hatten. Es stellte sich heraus, dass wir eigentlich ganz hervorragend miteinander auskamen. Unsere Gespräche wurden vertrauter und unsere anfängliche Abneigung und Distanz waren bald nicht mehr zu spüren.

Wir freundeten uns an. Ich merkte schnell, dass ihre Wortgewandtheit und Schlagfertigkeit nur ein Schutzschild für sie war. Dahinter verbarg sich eine sensible, verletzliche junge Frau, die viele Sorgen und Probleme mit sich herumtrug. Auch ihre Kindheit und Jugend waren von Entbehrungen und Schicksalsschlägen geprägt, die Wunden bisher nicht verheilt. In den kommenden Jahren wird sie für mich mit ihrer Lebenserfahrung eine große Bereicherung. Ich war in vielen Dingen des Alltags noch unerfahren und hilflos. Sabrina war eine Hausfrau und Mutter, die mir viele Kniffe und Tricks beibrachte. Sie unterstützte mich bei einfachen Dingen des alltäglichen Lebens. Mein Vertrauen in sie war grenzenlos und ich fühlte mich wohl in ihrer Nähe. Sie spendete mir Trost und neue Kraft, wenn ich erneut aufgrund meiner familiären Lage am Boden lag. Wir verbrachten nun eine Menge Zeit miteinander und unternahmen mit unseren Kindern Ausflüge in die Natur und zu Sehenswürdigkeiten. Der Gesprächsstoff war uns nie aus; es gab immer etwas zu besprechen, zu planen und zu erledigen. Sabrinas Ehemann war beruflich oft unterwegs und zeigte kein Interesse an familiären Gemeinsamkeiten. Sie wurde zu einem immer wichtigeren Bestandteil meines Lebens. Ich war sehr froh, sie meine Freundin nennen zu dürfen. Sie war eine Bereicherung für mein Leben und hat mir unendlich gutgetan. Im Verlauf unserer zwei gemeinsamen Jahre in der Firma entwickelten wir beide das Bedürfnis, uns beruflich zu verändern, und das wollten wir natürlich nur gemeinsam tun. Also suchten wir eine neue Arbeitsstelle. Da Sabrina ein Sonntagskind ist, wie sie stets betonte, war es uns schnell möglich, etwas Passendes zu finden. Wir erhielten ein attraktives Jobangebot und unser zukünftiges Gehalt würde sich ebenfalls deutlich erhöhen. Darum haben wir nicht lange überlegt. Unsere derzeitigen Arbeitsverhältnisse wurden beendet und wir begannen voller Begeisterung, in der Verwaltung eines Berliner Großhandels tätig zu sein. Die Arbeit war sowohl interessant als auch anspruchsvoll. Jedoch hatte dieser Wechsel auch einige Nachteile, zumindest für mich. Mein Anfahrtsweg hat sich nun deutlich verlängert. Für meinen Sohn war dies sofort erkennbar. Für uns beide war die Nacht um 5:00 Uhr vorbei. Das hatte damals aber noch keine Bedeutung für ihn. Wie die meisten Kinder war er bereits sehr früh putzmunter. Dies sollte sich erst später grundlegend ändern.

Ich bereitete für ihn das Frühstück vor und um sechs Uhr war er der Erste im Kindergarten. Zumindest war das im Sommer so. Während der

Heizperiode musste ich allerdings noch früher aufstehen, weil der Ofen schon das erste Mal angeheizt werden musste. Die Wohnung hatte Außenwände und war nur warm zu bekommen, wenn der Ofen zwei- oder auch dreimal beheizt wurde. Nachdem mein Sohn sein Frühstück beendet hatte, machten wir uns auf den Weg. Meine Arbeitszeit begann schon um 7:00 Uhr und ich hatte noch Bus- und Bahnfahrten vor mir.

Meine Schwester Regina ist mittlerweile in ein anderes Kinderheim in Berlin verlegt worden. Auch unser Bruder war dort untergebracht, jedoch in einem anderen Haus. Sie fühlte sich dort nicht wohl und verschwand oft einfach mal für ein paar Tage aus dem Heim. Zu Freunden oder Freundinnen. Manchmal kam es vor, dass sie von der Polizei zurückgebracht wurde oder ich die Aufgabe bekam, sie an der Polizeiwache auszulösen. Nach ihren unerfreulichen Ausflügen und Eskapaden landete sie bald in einem Jugend-Durchgangsheim in Alt-Stralau. Das ähnelte ihren Erzählungen nach eher einem Gefängnis als einem Heim. Die Fenster waren vergittert. Sie beschrieb ihren Aufenthalt als einen Albtraum. Sie wurde nicht nur von Kindern und Jugendlichen, sondern auch von den Erziehern bestraft und gedemütigt. Die gesamte Heimzeit war für sie und meinen Bruder eine große Belastung. Sie haben fast nie über diese verhängnisvollen Jahre gesprochen. Beide haben bereits sehr früh gelernt, unangenehme Dinge zu verdrängen. Eines Tages wurde Regina einer Pflegefamilie zugeteilt. In dieser Familie gab es leibliche und auch weitere Pflegekinder. Sie durfte das Heim an den Wochenenden und in den Ferien verlassen, musste sich aber bei dieser Familie aufhalten. Sie mochte es und freundete sich mit den Kindern der Familie an. Offiziell war es ihr untersagt, unsere Mutter zu treffen. Inoffiziell hielt sie sich natürlich oft bei ihr auf. Es war nicht gut für sie, doch sie zog es immer wieder zu ihr. Sie war noch so klein, als das Jugendamt sie damals von unserer Mutter trennte und ins Heim brachte. Sie liebte ihre Mutter, ertrug alle Attacken und ließ sich von ihr demütigen und schlagen. Bedauerlicherweise war es für sie Alltag, sie hat es nie anders erlebt. Meine Mutter hatte schon immer einen großen Einfluss auf meine beiden Geschwister. Sie verstand es auch hervorragend, beide gegeneinander auszuspielen.

Es wurde viel Misstrauen und Unfrieden dadurch geschürt. Auch mein Bruder hatte inzwischen einiges an Dramatischen erlebt, war abermals wegen Einbruch und Diebstahl in Untersuchungshaft. Er musste sehr verzweifelt gewesen sein, als er während der Haft einen Selbstmordversuch unternahm. Wie es zu diesem Vorfall gekommen ist, wurde uns nicht mitgeteilt. Als meine Mutter mich per Telefon kontaktierte, war ich zutiefst erschüttert. Es berührte mich sehr und ich fühlte mich so hilflos. Weshalb wollte er sein Leben beenden? Er war sehr verschlossen. Niemand wusste genau, was in ihm vorging. Er war ein Einzelgänger. Nach Monaten aus der Haft entlassen, lebte er wieder bei unserer Mutter. Es gab keine andere Möglichkeit für ihn; er hatte sich noch nichts Eigenes geschaffen. Mutter und Sohn hatten eine sehr eigenartige und nicht zu durchschauende Beziehung. Obwohl er unerwünscht auf die Welt kam, verband sie etwas Unergründliches. Er brauchte meine Mutter, da er bisher nicht in der Lage war, ein eigenes Leben aufzubauen, und meine Mutter brauchte ihn wohl, um ihre Einsamkeit zu überwinden. Im Gegensatz zu mir, gelang es meinen beiden Geschwistern nie, sich dem Einfluss unserer Mutter zu entziehen.

Und wieder musste sie ihre jetzige Wohnung wechseln. Die Gründe dafür waren dieses Mal nicht ihre Mietschulden, sondern der geplante Abriss der alten Häuser am Ostbahnhof. Sie sollte sogar ein wenig Glück haben, denn sie bekam eine bessere Wohnung nahe der Karl-Marx-Allee. Die Wohnung verfügt über eine Innentoilette, eine Küche und einen langen Korridor. Es hatte fast den Anschein von Luxus. Dieses Mal war es meine sehr kluge, clevere fünfzehnjährige Schwester, die den Umzug abwickelte. Sie organisierte Freunde und Bekannte aus ihrer Clique und sorgte dafür, dass niemand der fleißigen Helfer einen Blick in die verkommene Wohnung werfen konnte. Auch in der nächsten Wohnung wohnte meine Mutter erneut mit meinem Bruder zusammen. Er war ein einsamer junger Mann, hatte wenige Freunde. Frauen gegenüber war er schüchtern, unerfahren und sehr gehemmt.

Von meinen Ersparnissen hatte ich mir allmählich ein bisschen Luxus zugelegt. Ein Kühlschrank, eine Waschmaschine, ein Radio und einen Fernseher. Selbstverständlich alles auf Kredit, mein Erspartes reichte lediglich für die Anzahlung. Der Fernseher war noch in Schwarz-Weiß gehalten. Der Kühlschrank und die Liege waren dringend nötig geworden.

Mein Sohn war längst dem Kinderbett entwachsen. Er war ein hübscher, kleiner Knirps und mein ganzer Stolz. Er entwickelte sich gut, war gesund und selbstständig. Im Kindergartenalltag hatte ich kaum Probleme mit ihm. Seine damalige Kindergärtnerin war jedoch anderer Meinung. Sie beklagte sich regelmäßig über sein rüpelhaftes Verhalten gegenüber den anderen Kindern; auch gab es einige Male eine Beißattacke von ihm. Ich musste ihm jeden Morgen zureden, ihn auf den Nachmittag zu vertrösten, wenn ich ihn wieder abholen würde. Regelmäßig gab es Tränen und ich fühlte mich einfach nur noch schlecht, weil ich nicht auf seine Gefühle und Wünsche eingehen konnte. Der Nachmittag war für uns beide wunderschön, wenn ich ihn wieder in die Arme nehmen konnte und wir dann etwas gemeinsam unternahmen. Bis zum nächsten Tag hatte er alles vergessen und seine kleine Welt war wieder in Ordnung.

Er erzählte mir von seinen kleinen Nöten und beschwerte sich über einige andere Kinder und seine Erzieherin. Ich hörte ihm geduldig zu, beruhigte ihn und baute ihn für den nächsten Tag wieder auf. Bei einer Routineuntersuchung im Kindergarten wurde von einer Ärztin festgelegt, dass er für drei Wochen zur Kur gehen sollte. Wahrscheinlich wegen seiner Beißattacken. Sozusagen als Vorbereitung auf die Schule. Ich hatte keine Ahnung, ob ich mich darüber freuen sollte. Er war erst fünf Jahre alt und wir waren noch nie getrennt. Aber ich stimmte zu und hoffte, dass der Aufenthalt ihm dort zugutekommen würde. Diese drei Wochen waren für uns beide schwer. Er fühlte sich dort nicht wohl und ich hatte Sehnsucht nach ihm. Doch auch diese Zeit war einmal vorbei.

Meine Gefühle für Sabrina veränderten sich. Ich war verwirrt, konnte aber bislang nicht erklären, was in mir los war. Es war anders, aber auch angenehm. Seit Jahren verbrachten wir viel Zeit miteinander, feierten gemeinsam Geburtstage und verbrachten oft gemeinsame Ferien mit den Kindern. Es herrschte grenzenloses Vertrauen zwischen uns, wir waren füreinander da und es gab keine Geheimnisse. Ich war oft bei ihr und gehörte fast schon zur Familie. Mir tat das ausgesprochen gut und ich war sehr stolz darauf. Nun bemerkte ich jedoch noch etwas anderes. Sie veränderte nicht nur mein Leben, sondern auch meine Gefühle. Schnell wurde mir klar, dass es nicht ausschließlich freundschaftliche Gefühle waren, die ich für sie empfand. Dies war mehr als das, es war anders. Ich fühlte mich zu ihr hingezogen und verspürte ein starkes Bedürfnis nach Nähe und Zärtlichkeit. Ich wollte sie berühren, trösten, streicheln, beschützen. Jede noch so harmlose Berührung mit ihr jagte mir einen angenehmen, wohligen Schauer über den Rücken.

Ich war erschüttert und irritiert über diese Gefühle, denn bisher war ich eher ein zurückhaltender Mensch und begegnete Berührungen meist ablehnend. Ich fühlte mich allein und war mir nicht bewusst, wie ich diese Gefühle einordnen sollte. Selbstverständlich habe ich schon einmal etwas über die Liebe zwischen Frauen und Homosexualität gehört, jedoch überwiegend nur in Verbindung mit dummen Witzen oder Getuschel. In der DDR wurde darüber nicht gesprochen, das war tabu. Wer davon etwas wusste, behielt dieses Wissen lieber für sich. Nun war es jedoch notwendig, mich mit diesem Thema etwas intensiver zu befassen. Selbstverständlich wollte ich meine Freundin nicht verschrecken und unsere Freundschaft aufs Spiel setzen. Also habe ich meine Gefühle und Gedanken vor ihr geheim gehalten. Ich wollte jedoch mehr darüber erfahren. Ich kaufte mir die wenigen Bücher, die es in der DDR über diese Thematik gab, und hoffte, dass diese mir Licht in mein durcheinander gekommenes Gefühlsleben bringen würden. Ich durchforstete die Literatur und entdeckte viele Parallelen. Es dämmerte in mir.

Jetzt wurde mir klar, warum ich schon als Kind lieber mit Mädchen als mit Jungen zusammen war, warum ich stets nur von Mädchen träumte. Von Mädchen, die mich nicht wahrnahmen, die mich übersahen, weil ich so unscheinbar war. Ich himmelte gerade sie an, träumte von ihnen und war in diesen Träumen stets die Mutige, die Beschützerin für jede Lebenslage. Meine Lehrerin in der ersten bis vierten Klasse, die ich so verehrte, war sie schon meine erste kindliche Liebe? Ich habe nie eine intensive Beziehung zu Jungen aufgebaut. Es sprang kein Funke über, die männliche Welt blieb mir bis heute fremd. Es war nicht mehr daran zu rütteln, ich tickte tatsächlich bis zu einem gewissen Grad anders. Das war ein Schock für mich. Es dauerte eine Weile, bis ich die neuen Erkenntnisse akzeptieren konnte. Ich hatte keine Vorstellung davon, wie ich mit dieser

Situation umgehen sollte; außer Sabrina hatte ich niemanden, dem ich vertraute. Und gerade sie durfte davon nichts erfahren. Erst nachdem ich diesen intensiven Prozess von der Erkenntnis bis hin zur Akzeptanz überwunden hatte, fühlte ich mich erleichtert. Gut, dann ist es eben so. Ich war anders als andere. Bis zu einem gewissen Grad hatte ich dieses Gefühl schon immer.

Mein Wissen über mich half mir bei meinen Gefühlen zu Sabrina leider nicht weiter.

Ich empfand sehr viel für sie. Sie wusste wohl immer noch nichts davon. Ich war mir nicht sicher, ob sie ähnliche Gefühle für mich hegte, doch ich war voller Zuversicht. Eigentlich hat alles dafür gesprochen. Wir waren uns beide sehr nah und vertraut. Dennoch konnte ich an ihrem wechselhaften Verhalten zu mir absolut nicht erkennen, wie sie zu mir stand. Ich erlebte eine Achterbahn der Gefühle. Mal wirkte sie kühl und unnahbar, mal wirkte sie zart, zerbrechlich und anschmiegsam. Dies waren die Momente, in denen ich sie gerne in den Arm genommen, ihre Hand gehalten und ihr zeigen wollte, dass ich sie beschützen würde. Ich habe es nur nicht versucht. Meine Angst, sie zu verlieren, hinderte mich lange daran, meine Gefühle auszudrücken. Ich war mir trotzdem sicher, dass auch sie mehr für mich empfinden würde. Vielleicht brauchte sie einfach mehr Zeit, um sich mit uns auseinanderzusetzen. Es wird so sein, ich muss mich noch etwas gedulden. Geduld, so einfach war es dann doch nicht. Es begann ein langwieriger Leidensweg für mich.

Es ist unglaublich, aber dann doch wahr. Im Mai 1975 trennten sich erstmals die Arbeitswege zwischen Sabrina und mir. Sie kündigte ihren Job, um auf unbestimmte Zeit Hausfrau zu werden. Ihr Mann wollte das so. Und sie tat es. Es erfüllte mich mit großer Trauer und ich konnte sie nicht verstehen. Meine Eifersucht auf ihren Ehemann wurde wach. Was sollte ich denn bloß tun? Ohne sie würde ich auch nicht mehr in der Firma arbeiten wollen. Folglich blieb mir nichts anderes übrig, als mich nach einem anderen Arbeitgeber umzusehen. Wieder das Telefonbuch gewälzt, ein Telefonat, eine Vorstellung und ich hatte einen neuen Job.

Wie vorher auch wurde ich Mitarbeiterin in einer EDV-Abteilung der Binnenreederei in Alt-Stralau. Ich arbeitete mich wieder problemlos und schnell ein und qualifizierte mich kontinuierlich weiter. Bald wurde ich für die Betreuung und Ausbildung unserer Lehrlinge eingesetzt. Man schätzte mich. Ich bekam einige Auszeichnungen, wie sie damals in der DDR üblich waren. Für besondere persönliche Leistungen wird der »Aktivist der Arbeit« oder als Mitglied eines Teams »Kollektiv der sozialistischen Arbeit« geehrt. Beide Auszeichnungen waren jeweils mit einer Geldprämie verbunden. In diesem Betrieb habe ich auch meinen Abschluss als Facharbeiterin für EDV gemacht. Meine Kollegen und ich waren ungefähr im gleichen Alter. Wir haben uns gut verstanden. Es gab keine Neid- oder Konkurrenzsituation. Meine etwas andere Lebensauffassung hielt ich vor ihnen sehr lange geheim. Viel zu lange. Es war mir nicht möglich, mich zu outen; ich konnte nicht vorhersagen, wie sie auf mich reagieren würden. Immer noch war die Angst groß, ausgegrenzt zu werden. Die negativen Erfahrungen aus der Schulzeit wurden wach. Inzwischen war ich jedoch in der Lage, den immer wiederkehrenden Fragen in dieser Richtung gekonnt zu begegnen.

Nun war auch für meinen Sohn der große Tag gekommen. Mein kleiner Prinz kam in dieselbe Schule, die meine Geschwister und ich schon mehr oder weniger erfolgreich besucht hatten. Natürlich war es auch für ihn ein ganz besonderer und aufregender Tag. Seine Schultüte war allerdings deutlich besser gefüllt als meine vor vielen Jahren. Nach dem feierlichen offiziellen Teil der Schule fand eine kleine bescheidene Feier bei uns zu Hause statt. Seine Gäste waren ein Freund von Sascha aus dem Aufgang nebenan, Sabrina, ihre Tochter und meine Großmutter. Annemarie, meine Kollegin aus der Säuglingskrippe, war ebenfalls anwesend. Saschas Vater war nicht anwesend, da unsere Beziehung sehr instabil war und zu der Zeit wieder einmal auf Eis gelegt wurde. Meine Mutter war ebenfalls nicht anwesend. Früh habe ich begonnen, meinen Sohn zur Selbstständigkeit zu erziehen. Es blieb mir nichts weiter übrig. Doch der Weg in die Schule sollte für ihn eine Herausforderung sein. Er war lang und nicht ganz ungefährlich, führte über eine stark befahrene Hauptstraße. In dieser Gegend gab es bislang noch keine Ampeln. Bereits Wochen vor dem ersten Schultag habe ich mit ihm den Schulweg geübt. Wir gingen mehrfach gemeinsam, ich erklärte ihm, wie er sich verhalten und worauf er achten sollte. Anschließend erfolgte meine Kontrolle. Er musste seinen zukünftigen Schulweg nun alleine gehen und ich beobachtete sein Verhalten im gewissen Abstand. Er hatte keine andere Wahl, er musste es erlernen. Die jungen Eltern, die ihre Kinder heutzutage gerne bis ins Klassenzimmer begleiten möchten, werden wohl entsetzt sein. So war es damals, als unsere Kinder alleine und vor allem zu Fuß zur Schule gingen. Sascha machte alles perfekt. Ich war erneut stolz auf ihn. Die Angst, dass etwas passieren könnte, blieb natürlich weiterhin bestehen.

Meine Wohnung war klein, im Wohnzimmer spielte sich somit alles ab.
Besonders am Abend kam es häufig zu Diskussionen. Mein Sohn wollte natürlich, wie alle Kinder, nicht ins Bett. Ich wollte lieber Fernsehen oder Radio hören oder lesen.
Das ging nicht gut. Denn das Licht störte ihn beim Schlafen. Der Zustand war unerträglich und ich überlegte, ihm eine Schlafmöglichkeit in der Küche einzurichten. Jetzt war er ein Schulkind und benötigte abends seine Ruhe. Daher beschloss ich, meinen Plan zu verwirklichen. Seine Liege gelangte also in die Küche. Nicht unbedingt das Paradies, aber es war definitiv besser als vorher. Er lernte fleißig und selbstständig, verfügte über eine schnelle Auffassungsgabe und benötigte praktisch nie meine Hilfe. In seiner Freizeit versuchte er, sich in mehreren Sportvereinen zu beweisen. Seine Ausdauer war nicht unbedingt sein Markenzeichen. Zunächst war es ein

Fußballverein, später dann ein Ringerverein, in dem er auch einige Erfolge verzeichnen konnte. Diese Sportart wurde ihm jedoch schnell zu brutal und schmerzhaft und er verließ den Verein. Durch meine Mitgliedschaft im Elternbeirat habe ich einen Einblick in die Geschehnisse in der Schule und in seiner Klasse erhalten. Dies hatte jedoch nicht nur positive Auswirkungen. Besonders seine Klassenlehrerin beklagte sich regelmäßig über ihn. Sie versuchte mir einzureden, er sei von zwei Seelen beherrscht. Die gute Seele bei mir zu Hause und die böse Seele in der Schule.
Ich verstand das nicht und wehrte mich heftig dagegen, es zu glauben. Sie irrte sich gewaltig, wenn sie annahm, dass er bei mir immer ein Engel sein würde. Ganz und gar nicht! Er wollte schon testen, wie weit er bei mir gehen konnte. War frech, provozierend und bockig. Bis an die Schmerzgrenze. Ich möchte mich nicht herausreden, aber das war ein Grund dafür, dass mir das eine oder andere Mal die Hand ausrutschte. Ich würde es gerne rückgängig machen, aber es ist geschehen und es belastet mich bis heute sehr. Von zwei Seelen in seiner Brust konnte also keine Rede sein. Zu diesem Zeitpunkt war ich noch davon überzeugt.

Unsere Wohnung war klein, nicht besonders schön und Sascha hatte kein eigenes Zimmer. Demzufolge habe ich mich bei der

Wohnungsverwaltung unseres Bezirkes intensiv um eine größere Wohnung bemüht. Ich wurde abgelehnt, weil es nach ihrer Aussage keine Wohnungen gab und zweitens, weil ich alleinstehend war. Diese Auskunft weckte in mir einen starken Widerstand. Ich verfasste schriftliche Eingaben an alle zuständigen Behörden. Das waren das Wohnungsamt, das Sozialamt und auch der Staatsratsvorsitzende. Auf diese Weise beschäftigte ich wahrscheinlich eine Vielzahl von Mitarbeitern, ohne ein Blatt vor den Mund zu nehmen. Ich hatte keine Angst vor Repressalien. Aber meine Versuche waren lange erfolglos. Es sollte insgesamt dreizehn Jahre dauern, bis mein Wunsch nach entsprechendem Wohnraum erfüllt wurde.

Sascha und ich haben eine enge und innige Beziehung geführt. Wir hatten nur uns. Ich habe ihn bewusst von meiner Mutter ferngehalten, um seine Sicherheit zu gewährleisten. Ich hätte sicher anders entschieden, wenn ich damals schon gewusst hätte, was ich heute weiß. Er sollte nicht den schlechten Zustand seiner Großmutter, ihren rauen Umgangston und das ganze Elend erleben, das durch ihre Alkoholsucht entstanden war. Trotz der Tatsache, dass er ohne Vater aufwachsen musste, wollte ich ihm eine heile Kindheit bieten, eine Kindheit, die ich nicht hatte. Meine Geschwister und ich hatten keine andere Wahl; wir haben alle darunter gelitten und jeder hat andere psychische Schäden davongetragen.

Ich wollte meinem Kind diese Situation ersparen. Trotz aller Liebe und Fürsorge konnte ich ihn nicht immer vor Streitereien zwischen meiner Mutter und mir schützen, wenn wir uns anschrieen und bitterböse Worte fielen. Ich hätte dies gerne verhindert, aber es gelang mir natürlich nicht.

Sascha und ich verstanden uns hervorragend, waren ein Team. Unsere Begeisterung für dieselbe Musik war groß, wir schauten gemeinsam Filme oder Serien im verbotenen Westfernsehen an. Denver-Clan, die Waltons, Fury, Lassy und wie sie alle hießen. Da unsere Wohnung wie die meisten Wohnungen in der DDR kein Badezimmer hatte, besuchten wir in regelmäßigen Abständen das öffentliche Wannenbad in Lichtenberg. Es gab einzelne Abteile, die mit einer oder auch zwei Badewannen ausgestattet waren. Die Wannenabteilung war immer gut besucht und es dauerte manchmal etwas, bis eine Kabine frei wurde. Es war stets ein besonderer Tag, an dem wir uns wohlfühlten. Obwohl unsere Wohnung klein war, waren seine Freunde oft bei uns. Das Wohnzimmer wurde zu einem großen Spiel- und Tummelplatz. Ich verkrümelte mich währenddessen freiwillig in der Küche. In den Schulferien habe ich dafür gesorgt, dass Sascha in das Kinderferienlager meines Unternehmens fahren konnte. Er sollte sich mit anderen Kindern austauschen, neue Erfahrungen sammeln. Es war für mich von Bedeutung, dass er aus unserer selbst kreierten Seifenblase herauskam. Aber er wollte nicht. Er sträubte sich mit Händen und Füßen. Er litt unter der Trennung, bekam Reisefieber und versuchte verschiedene Tricks anzuwenden. Es bedrückte mich, denn auch ich litt unter der Trennung. Ich brachte ihn schweren Herzens und mit einem gehörigen Maß an schlechtem Gewissen zum Bus. Wir verabschiedeten uns und ich wünschte inbrünstig, er würde mich in der Gemeinschaft der anderen Kinder schnell vergessen. Ich bin mir nicht sicher, ob ihm das gelang. Er hatte stets Schwierigkeiten, sich der Gemeinschaft anzupassen und war trotzig, aufmüpfig und stand daher häufig unter einer Bestrafung. Nach drei aufregenden und sicherlich auch für ihn erlebnisreichen Wochen konnten wir uns dann wieder in die Arme schließen.

Dieter besuchte uns nur noch sporadisch; er war, man kann es ihm nicht verdenken, wieder mit seiner ehemaligen Freundin zusammen zu sein. Ich konnte ihm sein Verhalten nicht übel nehmen, denn er wusste natürlich, dass wir nie ein Paar werden würden. Im Umgang mit seinem Sohn blieb er unbeholfen und zurückhaltend. Er zeigte wenig Interesse an ihm und überließ alle Verantwortung mir. Im Jahr 1977 begegnete ich einem Mann, genauer gesagt, er lernte mich kennen. Ich wusste, dass ich mit einem Mann niemals glücklich sein würde. Er war einige Jahre älter, Handwerker und ein wenig grobschlächtig. Er hieß Hans und war nicht mein Typ, falls ich überhaupt einen Blick für »Typen« hatte. Seine Bemühungen waren hartnäckig und letztlich auch erfolgreich. Wir führten eine kurze, aber folgenschwere Beziehung; ich wurde schwanger. Von jeher war es ein Wunsch von mir, einmal zwei oder drei Kinder zu haben. Allerdings nur unter geregelten Bedingungen und nicht von verschiedenen Vätern. Ich war sehr konservativer Natur. Ich war alleinerziehend, das Einkommen reichte gerade so und ein zweites Kind würde die Situation meines Sohnes verhärten. Außerdem war mir klar, dass ich niemals mit dem Mann zusammenleben würde. Also musste ich mich entscheiden. Ich entschied mich schwermütig. Die traurige, aber notwendige Konsequenz zu all meinen Überlegungen lag auf der Hand. Ich begab mich für zwei Tage in ein Krankenhaus und ließ meine Schwangerschaft unterbrechen. Dies war in der DDR zwar legal, wurde aber dennoch nicht sehr gerne gesehen. Die Aufnahme in der Klinik war sehr kühl und distanziert. Diese Entscheidung war für mich schmerzhaft, aber sie war die einzig richtige Entscheidung.

Meine Schwester war inzwischen siebzehn Jahre alt. Sie erhielt ihre Jugendweihe erst jetzt aufgrund verschiedener Lebensumstände im Kinderheim. Neben ihrer Pflegefamilie war ich die einzige Person aus unserer Familie, die bei dieser Feier anwesend sein durfte. Bald darauf musste sie aufgrund zahlreicher psychischer und physischer Probleme die Schule verlassen, um als ungelernte Verkaufskraft in einer Bäckerei zu arbeiten, später dann in einer Kaufhalle am Alexanderplatz. Anders als ich in diesem Alter hatte sie natürlich bereits einen festen Freund. Sie kannten sich schon, seit sie vierzehn Jahre alt sind. Sie waren sehr verliebt ineinander. Wie Regina kam auch er aus einem schwierigen Umfeld und beide suchten nach einem Halt. Und meine kleine Schwester, die selbst noch ein Kind war, wurde schwanger. Sie, die nie selbst eine echte Kindheit erlebt hat, wird bald die Verantwortung für ein eigenes Kind übernehmen müssen. Sie wirkte noch unreif, naiv und unerfahren. Ich machte mir so meine Gedanken. Nach ihrer Heimentlassung lebte sie in der Familie ihres Freundes Jens. Die Familie war laut, chaotisch und unorganisiert.

Eine Herausforderung, der sich die beiden Verliebten nicht lange stellen konnten. Im August 1977 wurde mein kleiner, goldiger Neffe Adrian geboren. Der jungen Mutti wurde nun endlich von der Behörde eine eigene Wohnung zugewiesen. Jens, der Vater des Kindes, zog selbstverständlich sofort ein. Sie waren jetzt eine kleine Familie. Trotz aller Verliebtheit kam der Alltag bei ihnen zu schnell, es fehlte an vielen Dingen und es kam immer wieder zu Streitigkeiten. Sie waren mit allen Aufgaben etwas überfordert. Ich hoffte, dass Regina den Sprung von unserer Mutter endlich geschafft und ihr eigenes und damit besseres Leben in die Hand nehmen würde. Aber das war nicht der Fall, der Einfluss meiner Mutter war einfach zu groß. Die einst so leidenschaftliche Liebe zwischen Jens und Regina begann bald spürbar zu zerbrechen. Jens wurde aggressiver, arbeitete unregelmäßig oder gar nicht und sprach viel zu häufig dem Alkohol zu. Sie stritten sich, und es kam zu Handgreiflichkeiten. Regina hat schon früh gelernt, alles Unangenehme und Schlechte zu verdrängen. Es existierte dann nicht mehr für sie. Dieses Privileg war ihr ganz persönlicher Schutz. Auch hier war es so, sie hielt lange an der Beziehung fest. Er war ihre erste große Liebe. Doch eines Tages musste sie erkennen, dass es nicht mehr ging, ihre Schmerzgrenze war erreicht. Nach einigen erfolglosen Versuchen, Jens aus der Wohnung zu drängen, nahm sie ihren kleinen

Sohn und zog mit ihm zu unserer Mutter. Es war eine katastrophale Wahl für sie, doch es gab keine andere. Sie würde keine neue Wohnung erhalten, solange Jens nicht freiwillig auszog. Jens dachte jedoch nicht daran. Ich war sehr unglücklich über diese Lösung und fühlte mich so hilflos, weil ich keine bessere gefunden hatte. Regina wohnte also nun mit ihrem Sohn im Zimmer meines Bruders, der derzeit wegen kleinerer Diebstahldelikte erneut in Haft war. Es missfiel mir sehr, dass mein Neffe jetzt dem Einfluss seiner Oma ausgesetzt war. Sie war keine Oma, wie man sie sich gewünscht hätte. Ihre Umgangsweise war vulgär und beherrschend. Sie war häufig betrunken. Meine Mutter und auch meine Schwester rauchten stark. Der Geruch von Rauch setzte sich in den Wänden und in der Kleidung fest. Mir standen die Haare zu Berge, wenn ich daran dachte, dass in diesem Bereich wieder ein Kind aufwachsen sollte. Ich überlegte, wie ich ihr, aber vor allem meinem Neffen, behilflich sein konnte. Angesichts dessen empfahl ich Regina eines Tages, den Kleinen bis auf Weiteres zu mir zu nehmen. Natürlich nur solange, bis ihre Situation sich verbessert hat. Sie lehnte dies energisch und vermutlich auch verletzt ab. Ich glaube, sie nahm mir das Angebot sogar sehr übel. Dumm gelaufen. Dafür holte ich nun den kleinen Jungen an freien Tagen oder Wochenenden zu uns. Es war nicht sehr viel, was ich tun konnte, aber zumindest für diese kurze Zeit stellte sich ein positives Gefühl bei mir ein. Er fühlte sich jedes Mal sehr wohl bei uns und wurde natürlich entsprechend verwöhnt. Es war mir eine große Freude, die beiden Jungs zu bemuttern. Der Einzige, der meine Begeisterung für unseren kleinen Gast nicht wirklich teilen wollte, war mein Sohn. Denn er, der stets im Mittelpunkt bei mir stand, war jetzt tatsächlich eifersüchtig auf seinen Cousin.

Aufgrund meiner unglücklichen Beziehung zu Sabrina ergaben sich nun gesundheitliche Probleme bei mir. Schlafstörungen, Schwindelanfälle und andere Ungereimtheiten. Nach einer längeren Behandlungsphase wurde mir eine dreiwöchige Erholungskur verordnet. Es gab keinen, bei dem ich meinen Sohn während dieser Zeit sicher unterbringen konnte.
Zudem war er gezwungen, zur Schule zu gehen. Sabrina zeigte sofort ihre Bereitschaft, Sascha für diese Zeit aufzunehmen. Ich war sehr erleichtert. Sascha hatte jetzt vorübergehend ein Zuhause in Sabrinas Familie. Für den Neunjährigen bedeutete dies, jeden Tag einen weiten Weg zur Schule mit Bus und S-Bahn zurückzulegen. Es wäre nicht mein Sohn, wenn er dies nicht geschafft hätte. Ein Grund mehr, stolz auf ihn zu sein. Er hatte alle Herausforderungen souverän gemeistert. Nach der Kur war es mir nicht nur möglich, meinen Sohn in die Arme zu schließen, sondern auch, Sabrina wiederzusehen. Ich habe beide vermisst. Zur Begrüßung erwartete mich noch eine weitere kleine Überraschung. Unser Wohnzimmer erstrahlte in neuem Glanz. Sabrina und ihr Mann haben meine Abwesenheit genutzt, um das Wohnzimmer zu tapezieren.
Zwischen Sabrina und mir begann es nun öfter und auch unangenehm zu knistern. Es war für sie eine Herausforderung, meine Reaktionen und mein Verhalten zu verstehen und nachzuempfinden. Sie fühlte sich wahrscheinlich

von mir bedrängt und nannte mich launisch, was natürlich nicht stimmte und mich sehr verletzte. Sie war nicht in der Lage, mich zu verstehen, was mit mir los war. Das war keine Laune, sondern eine psychische Not. Doch wie sollte ich ihr dies erklären? Ihr Verhalten zu mir war auch wechselnd und für mich nicht immer nachvollziehbar. Die kleinste Berührung, die kleinste Geste und ein nettes Wort von ihr konnten meine Gefühlswelt vollkommen verändern. Ich schwebte manchmal in den Wolken und machte mir Hoffnungen, bevor ich Minuten später wieder durch Gesten oder Worte auf den Boden fiel. Ebendarum war eine schnelle Klärung notwendig. Ich berichtete ihr vorsichtig und unbeholfen von meinen Gefühlen zu ihr.

Aber sie machte mir mit unmissverständlichen Worten deutlich, dass sie diese Gefühle nicht erwidern würde. Das war eine deutliche Aussage. Mein Traum war geplatzt. Vollkommen sinnlos, dafür aber umso hartnäckiger bemühte ich mich dennoch weiter um sie. Mit Geschenken, die mein finanzielles Budget weit überstiegen, versuchte ich, sie für mich zu gewinnen. Es bereitete mir Freude, sie zu verwöhnen und sie zu überraschen, wenn sie traurig und verletzlich wirkte. Vergebens.

Nach der Trennung von ihrem Mann bemühte sie sich, einen neuen Partner zu finden. Sie benötigte einen Mann, um glücklich zu sein. Kurze Zeit

später heiratete sie erneut und meine Träume zerplatzten endgültig.
Ich fühlte mich unverstanden, ungeliebt und alleingelassen. Depressionen und andere psychische Begleiterscheinungen stellten sich ein. Mein Sohn war mein Sonnenschein und mein Anker. Ich musste für ihn da sein. Bei all meinem Kummer war ich bemüht, ihn nicht mit meiner Traurigkeit und Verzweiflung zu berühren. Ich bin mir bewusst, dass mir dies nicht so gut gelungen ist. Aufgrund des Ratschlags meiner damaligen Abteilungsleiterin begab ich mich für ein Jahr in psychologische Behandlung. Es sollte eine gewisse Zeit in Anspruch nehmen, bevor ich mich der Psychologin gegenüber öffnen konnte. Ich habe bisher noch nie mit Fremden über meine Gefühle und Träume gesprochen. Nachdem ich endlich die Scheu überwunden und ein Gefühl von Vertrauen zwischen uns entwickelt hatte, begann ich zu sprechen. Dadurch konnte ich mich Schritt für Schritt verbessern. Endlich war es mir möglich, mit jemandem zu sprechen, der mir zuhörte und mir Ratschläge gab. Sie war es schließlich, die mich davon überzeugte, unbedingt Abstand zu meiner Freundin zu haben. Ich musste mich auf andere Dinge konzentrieren, mich auf andere Menschen konzentrieren und

wieder offener für andere Menschen sein. Nach einem sehr emotionalen und eindringlichen Gespräch entschieden sich Sabrina und ich, uns für eine gewisse Zeit nicht mehr zu sehen. Zu diesem Zeitpunkt war es uns nicht bewusst, ob unsere Freundschaft diese verordnete Trennung aushalten würde. Können wir zu einem späteren Zeitpunkt wieder freundschaftlich miteinander umgehen? Es vergingen Jahre. Meine Sehnsucht nach ihrer Nähe war groß und sie war in Gedanken stets präsent. Ich war über zehn Jahre lang nicht in der Lage, mich auf andere Menschen oder auf eine neue Liebe einzulassen.

Am 19. Mai 1982 ereignete sich ein tragisches Ereignis. Mein Bruder wurde ermordet. Bis heute kann ich es kaum begreifen. Während meiner Arbeitszeit erhielt ich einen Anruf von meiner Mutter. Als die Nachricht eintraf, war ich zunächst wie erstarrt. Einzig mein Verstand funktionierte noch. Er kämpfte gegen den Gedanken an: »Was hat sie gesagt?«

Ich war sofort in Verteidigungsposition. War es möglicherweise ein weiterer übler Scherz meiner Mutter? Ich konnte nicht glauben, was ich hörte. Es schien unmöglich. Als wir später in der

Gerichtsmedizin die persönlichen Gegenstände meines Bruders abholten, gab es keinen Raum für Zweifel. Ich sehnte mich danach, ihn noch einmal zu sehen, um Gewissheit zu erlangen. Eine verzweifelte Hoffnung hegte ich, dass es sich um eine Verwechslung handeln könnte und ein Fremder dort läge? Doch man riet mir ab und ich musste mich fügen.

Was war passiert?

Nach seiner letzten Inhaftierung kehrte er wieder zu unserer Mutter und Regina zurück. Seit einiger Zeit hat er sogar eine feste Freundin. Alles scheint in Ordnung zu sein. Doch diese Beziehung sollte ihm kein Glück bringen.
Ein Ex-Freund dieser Freundin hat nachts unbemerkt die Wohnung betreten. Sie merkten nichts und schliefen. Er schlich sich in die Küche, öffnete alle Gashähne und verließ dann die Wohnung. Während die Feuerwehr von den Nachbarn wegen des Gasgeruchs alarmiert wurde, kam für meinen Bruder jede Hilfe zu spät. Er war bereits tot. Er war gerade einmal neunundzwanzig Jahre alt. Die junge Frau konnte wiederbelebt werden, wird aber ihr ganzes Leben lang mit den Folgen zu kämpfen haben. Der plötzliche und frühe Tod meines Bruders führte zu Verzweiflung und Bedauern. Bei allem, was er bisher angestellt hatte, hatte er dieses Ende nicht verdient. Er hatte keine Chance gehabt. Meine Schuldgefühle

quälten mich. Was waren wir nur für eine Familie? Warum verlief bei uns alles anders? Sein Tod hat mich tief bewegt. Ich hätte schreien können vor Schmerz, Wut und Empörung. Viele Fragen blieben unbeantwortet und sorgten für unruhige Nächte. Das Einzige, was ich nun für meinen Bruder tun konnte, war, für seine würdige Beisetzung zu sorgen. Ich kümmerte mich um alle notwendigen Angelegenheiten und übernahm sämtliche Kosten. Meine gesamten Ersparnisse waren dafür aufgewendet worden, was mir vollkommen gleichgültig war.

Das war ich ihm schuldig. Es war sicherlich meine Art der Wiedergutmachung für unser gestörtes geschwisterliches Verhältnis. Seine letzte Ruhe fand er auf dem St. Petri-Friedhof in Friedrichshain.

Der Täter konnte schnell identifiziert und gefasst werden. Ich nahm die Gelegenheit wahr, an den folgenden Gerichtsverhandlungen und der anschließenden Urteilsverkündung teilzunehmen. Ich wollte mehr über das Geschehene erfahren, um es verstehen zu können. Es war mir auch ein Anliegen, mich davon zu überzeugen, dass der Täter entsprechend bestraft wurde. Nach zwei Verhandlungstagen wurde dem eine lebenslange Freiheitsstrafe auferlegt. Ich benötigte noch einige Jahre, um den Tod meines Bruders zu verarbeiten und auch zu begreifen. In den ersten Jahren besuchte ich täglich sein Grab.

Nach endlosen Beschwerden und Eingaben erhielt ich im September 1983 endlich eine Zweizimmerwohnung in Berlin-Marzahn. Zu diesem Zeitpunkt betrug die Miete 93 Ostmark. Dies war doppelt so viel wie bisher, aber das war für mich in Ordnung. Ich war absolut glücklich. Endlich würde mein Sohn ein eigenes Zimmer bekommen. Er musste lange darauf verzichten. Unsere „Luxuswohnung" hatte jetzt ein Bad, eine Einbauküche und einen Fahrstuhl. Dies war ein großer Schritt, auf den wir lange warten mussten. Ich musste erneut einen Kredit aufnehmen, um die Wohnung mit großem Elan und Freude für uns einzurichten. Wir haben den Umzug alleine gemeistert. Wir fühlten uns in der neuen Umgebung schnell heimisch. Daher nahmen wir auch gerne den weiten Weg zur Schule und zur Arbeit in Kauf. Mein Sohn hätte die Schule wechseln können. Aber er wollte das nicht. Es gefiel ihm in seiner Klasse, seine Freunde waren dort. Er scheute sich nicht, den weiteren Schulweg zu beschreiten. Er ist mittlerweile vierzehn Jahre alt. Sascha war in der Zeit der Pubertät eher unspektakulär. Zumindest würde ich das heute so ausdrücken. Es ist möglich, dass er eine ganz andere Meinung dazu hat. Es gab natürlich auch Streit, wie bei anderen Pubertierenden auch.
Zum Beispiel durch seine viel zu laute Musik. Es gab weitere Merkwürdigkeiten, Unstimmigkeiten und Ungereimtheiten zwischen uns. Machtkämpfe entstanden.

Bis zu diesem Zeitpunkt hatte ich keine größeren Sorgen um ihn.
Möglicherweise habe ich sie einfach nur vergessen. Natürlich wurde er dreister und aufbrausender. Er war nicht mehr so mitteilsam wie früher, hatte seine kleinen oder großen Geheimnisse. Es gab immer wieder Konflikte zwischen uns, die mir sehr zusetzten. Einmal kam er für eine Nacht nicht nach Hause. Ich glaube, er war fünfzehn. Das war das erste Mal, und ich bekam Angst. Wir hatten noch kein Telefon. Und ich wusste nicht, an wen ich mich wenden sollte. Dies war ein wahrer Albtraum für mich. Am nächsten Morgen stand er vor mir, als wäre nichts passiert.
Meine Reaktion darauf war emotional aber auch unprofessionell. Doch mehr oder weniger menschlich.

Meine Mutter war inzwischen in einem schlechten und bedauernswerten Zustand. Sie kam häufig in ein Krankenhaus, weil sie auf der Straße zusammengebrochen war. Ihr Körper rebellierte. Sie ignorierte alle Zeichen und pflegte ihre Laster. Für meine Schwester und mich waren ihre Krankenhausaufenthalte immer eine beruhigende Erfahrung. Wir wussten, sie war dann gut versorgt. Und wir hatten für diese Zeit keine Verantwortung für sie. Kaum war sie wieder im Krankenhaus aufgepäppelt worden, machte sie

Ärzten und Schwestern auf der Station das Leben schwer. Sie war nie eine geduldige oder pflegeleichte Patientin gewesen. Sie schimpfte, klagte über alles und jeden und hielt sich an keine Anordnungen. Die unerwartete Entzugserscheinung verstärkte sich. Es erregte sie und machte sie aggressiv, dass sie auf der Station weder rauchen noch trinken durfte. Meine Mutter wäre nicht meine Mutter, wenn sie das einfach so hinnehmen würde. Sie fand auch dort ihre Gönner, die ihr heimlich die notwendigen Dinge besorgten. Sie drängte sofort auf Entlassung, nachdem sie sich wieder einigermaßen stabilisiert hatte. Und dann begann alles wieder von vorn.

Mein Vater und seine Frau haben bereits vor einigen Jahren einen Antrag auf Ausreise gestellt. Im Januar 1984 teilte mein Vater mir mit, dass sie endlich die Genehmigung zur Ausreise nach Westdeutschland bekommen hätten. Er schien froh und erleichtert zu sein. Es war das zweite Mal, dass er Kinder, Enkel und seine inzwischen 76-jährige Mutter zurückließ. Kurz nach der Ausreise meines Vaters hatte Sascha Jugendweihe. Ich wollte ihm diesen Tag unvergesslich machen, wie es mir mit meinen bescheidenen Mitteln möglich war. Es war schließlich ein ganz besonderer Tag für ihn. Ich glaube, dass mir das auch gut gelungen ist. Wie bereits bei mir fand die feierliche Veranstaltung im Kino Kosmos statt.

Wie sollte es anders sein, war ich unglaublich stolz auf meinen Sohn. Aber nicht nur auf ihn, sondern auch auf mich. Ich habe das Beste für ihn getan. Sein Aussehen war fantastisch, er war vorbildlich und modern gekleidet und konnte mit den anderen Schülern mithalten. Alles ist perfekt gelaufen. Von jeher war ich bemüht, ihn niemals zu spüren zu lassen, dass ich nur Alleinverdiener war und das Geld dadurch nicht so üppig vorhanden war wie in anderen Familien. Es war manchmal schwierig, das konstant zu halten. Nach der offiziellen Feierstunde begaben wir uns mit meiner Mutter, die ich von diesem Ereignis dieses Mal nicht ausschließen wollte, meiner Großmutter, meiner Schwester, mit neuem Partner und Adrian in ein gutes Restaurant zu einem gemütlichen Beisammensein. Danach ging mein Sohn seinen eigenen Weg und feierte mit Freunden und Klassenkameraden ohne uns Erwachsenen. Wir machten es uns noch einmal zu Hause bei Kaffee und Kuchen gemütlich. Durch die Geldgeschenke erfüllte er sich einen langgehegten Wunsch und kaufte sich ein Tonbandgerät. Mein persönliches Geschenk für ihn war eine Reise nach Prag, nur für einen Tag und natürlich mit meiner Begleitung. Prag war für uns DDR-Bürger bereits die große weite Welt und für uns beiden der erste Flug überhaupt.

Es herrschte weiterhin eine angespannte Beziehung zwischen meiner Mutter und mir. Im Gegensatz zu meiner Schwester, die immer Kompromisse einging, konnte ich ihren Lebenswandel nicht akzeptieren. Trotz ihres miserablen Gesundheitszustandes führte sie ihr von Alkohol, Nikotin und Tabletten bestimmtes Dasein weiter. Sie aß unregelmäßig und war ausgemergelt. Unglaublicherweise war sie zeitweise sogar in der Lage, einer bezahlten Tätigkeit nachzugehen. Aber sie hatte nie Ausdauer. Wenn ihr etwas im Kollektiv nicht passte oder man ihre Alkoholreserven im Schreibtisch entdeckte, beendete sie ihre Arbeit. Aufgrund häufiger Unpünktlichkeit oder Fehltagen wurde ihr gekündigt. Wie üblich rührte sie in ihrem Zuhause keinen Finger. Meine Schwester war bei ihr und übernahm den Haushalt. Sie war inzwischen auch nicht mehr alleine. Es gab einen neuen Mann an ihrer Seite. Raimund wohnte im selben Haus und Regina ging dort bald ein und aus. Meine Mutter intrigierte natürlich auch hier, wie sie es stets bei unseren Geschwistern getan hatte. Sie hatte immer etwas gegen unsere Freunde oder Freundinnen, obwohl sie diese kaum persönlich kannte. Warum sie das tat, verstehe ich bis heute nicht. Erst bei gemeinsamen Trinkgelagen wurde jeder ihr Freund, also auch Raimund.

Im September wurde mir erneut eine Kur verordnet, um meine psychische Verfassung zu verbessern. Darf ich meinen Sohn mit seinen knapp 16 Jahren für drei Wochen alleine lassen? Ich wagte es. Ich habe ihn zu einem eigenständigen Menschen erzogen, der fast erwachsen und sehr verantwortungsbewusst war. Er genoss mein volles Vertrauen. Bis ins Detail haben wir alles für diese drei Wochen festgelegt. Ich hatte alles für meine Abwesenheit vorbereitet. Der Kühlschrank ist vollgepackt, das Essen vorbereitet und die Anweisungen sind klar und deutlich. Er konnte mit dem wöchentlichen Haushaltsgeld einkaufen, falls etwas fehlen sollte. Ich fühlte mich sehr unwohl bei der ganzen Angelegenheit, um nicht zu sagen, ich hatte große Angst. Was wäre, wenn etwas während meiner Abwesenheit mit meinem Sohn geschehen würde? Wie wäre es, wenn die Nachbarn feststellten, dass ich ihn alleine gelassen hatte? In meinem Kopf schwirrten Horrorszenarien. Sascha selbst war allerdings von dieser Idee begeistert und konnte endlich alleine sein, tun und lassen, was er wollte. Niemand würde wegen seiner zu lauten Musik meckern, keiner würde Anweisungen erteilen. Auf charmante Weise nahm er mir jegliche Bedenken. Ich war mir sicher, dass ich mich auf ihn verlassen konnte. So trat ich dann, zwar noch immer unruhig, die Kur an.

Jeden Tag schrieben wir einen Brief, weil wir immer noch keinen eigenen Telefonanschluss hatten. Als ich nach drei Wochen wieder zu Hause war, war die Welt in Ordnung. Mein Sohn hat alles vorbildlich gemanagt und alles verlief nach Plan. Sascha ging es gut, niemand hat etwas bemerkt. Das war mein Sohn, er war einfach fantastisch.

Nachdem mein Vater erneut die DDR verlassen hatte, lebte seine Mutter, meine Großmutter, nun sehr zurückgezogen. Sie war niemals die liebevolle Großmutter oder Uroma, wie man es sich vorstellte oder wünschte. Sie war jedoch die einzige nahestehende Verwandte. Es gab an einem unbekannten Ort zwar noch einige Verwandte, mit denen wir aber keinen Kontakt hatten. Die Mutter meines Vaters zeigte sich stets zurückhaltend und distanziert. Sie war jetzt nur noch verbittert, sehr eigenwillig und misstrauisch. Sie hat ihrem Sohn wohl diese erneute Ausreise nicht verziehen. Ich verstand das gut. Sie fühlte sich gesundheitlich nicht wohl und wollte eines Tages ihre Wohnung nicht mehr verlassen. Mein Sohn und ich haben uns um sie gekümmert, so gut es uns neben der Schule und Arbeit möglich war. Wir kauften für sie ein, erledigten ein paar alltägliche Dinge und wuschen ihre Wäsche. Im Winter war es mein Sohn, der seiner Oma die Kohlen aus dem Keller holte, damit sie eine warme Wohnung hatte.

Sascha beendete die 10. Klasse mit einem hervorragenden Ergebnis im Juli 1986. Eine beeindruckende Leistung, die er ohne jegliche Unterstützung vollbracht hat. Er hatte die besten Voraussetzungen für das Abitur, jedoch entschied er sich dagegen und wollte eine Lehre beginnen. Ich konnte nichts dagegen einwenden. Er war alt genug, um die richtige Entscheidung für sich und seine Zukunft zu treffen. Also begaben wir uns gemeinsam auf die Suche nach einer geeigneten Lehrstelle für ihn. Es sollte schwieriger sein, als wir dachten. Er war technisch sehr begabt und hätte gerne etwas im Bereich Rundfunk oder Fernsehen begonnen. Doch in diesen vom Staat kontrollierten Instituten stellten wir unerwartete Schwierigkeiten wegen der Ausreise meines Vaters fest. Sie erwarteten von mir, hauptsächlich von ihm, eine konsequente politische Haltung mit totaler Kontaktsperre zum Vater und Opa. Der Kontakt zu meinem Vater war bereits sehr mäßig, es hätte also nicht wehgetan, darauf einzugehen. Jedoch entschieden wir uns dagegen. Damit war das Gespräch dann auch beendet und wir wurden hinausbefördert. Weiter ging die Suche nach einer Lehrstelle. Nach mehreren Vorstellungen und Gesprächen war es dann doch geschafft. Im September begann er eine Ausbildung als

Nachrichtentechniker bei der Deutschen Reichsbahn.

Mein drittes Leben

1987 – 2006

Sascha war nun fast achtzehn Jahre alt und war zu einem attraktiven und äußerst selbstbewussten jungen Mann herangewachsen. Er war ein intelligent, aufgeschlossen und mein größter Stolz. Stolz hin und Stolz her. Seit einiger Zeit kommt es immer häufiger zu Meinungsverschiedenheiten zwischen uns. Streitereien um Kleinigkeiten oder einfach nur Missverständnisse. Deshalb war die Stimmung oft tief im Keller. Wir beide waren echte Sturköpfe, ich nicht ausgenommen. Unsere Meinungen und Unverständnis prallten aufeinander. Die Türen wurden geknallt, wir schrien uns an, es ging sehr heiß her. Das alles ist sicher nichts Neues für Familien mit Jugendlichen. Allerdings mit einem kleinen Unterschied. Nach solchen Szenen konnte es eine Weile dauern, bis wir wieder normal miteinander auskamen. Jeder fühlte sich ungerecht behandelt. Es schien, als ob dies ein normaler Vorgang war, den alle Eltern durchlaufen mussten, doch meine Enttäuschung über diese Entwicklung war groß. Ich fürchtete mich davor, dass er mir entgleiten könnte. Er rebellierte seit einiger Zeit gegen das System in der DDR und beteiligte sich an Demos. Es war erstaunlich zu beobachten, wie er sich täglich veränderte und erwachsener wurde. Es würde nicht mehr lange dauern, bis er seinen eigenen Weg einschlägt. Wir waren beide in einer angespannten Situation.

Ich war mittlerweile 38 Jahre alt und lebte immer noch solo. Meine Beziehungsversuche mit Männern haben mich mutlos gemacht. Ich hatte meinen Sohn bislang nicht über meine Suche nach einer Partnerin informiert. Nun aber war ich der Einsamkeit müde und sehnte mich nach einem Menschen, mit dem ich mein Dasein teilen wollte. Ich wusste, wenn ich etwas ändern wollte, musste ich aktiv werden und anfangen, an meine Zukunft nachzudenken. Die Sache war einfacher gesagt als getan. Ich war kein Mensch, der sich gerne und allein in Cafés, zu Veranstaltungen oder Festlichkeiten bewegte. Wie kann ich also jemanden kennenlernen? Vor einiger Zeit hatte ich schon einmal versucht, über eine Anzeige in der Berliner Wochenpost eine Partnerin kennenzulernen. Das Ergebnis war jedoch ernüchternd und demotivierend für mich. Trotzdem nahm ich noch einmal alle Kraft zusammen und versuchte es nochmals. Ein letzter Versuch. Diese Art von Anzeigen war in der DDR verboten und konnte daher nur unter der Rubrik Bekanntschaften veröffentlicht werden. Die Inhalte waren stets verschlüsselt. Man musste sich bereits mit dem Thema auskennen und zwischen den Zeilen lesen können. Und genau dort fand ich sie. Eine fast unscheinbare Anzeige, die so klein und prägnant ist, dass ich sie beinahe übersehen hätte. Ich fühlte mich sofort angesprochen und antwortete auf diese Annonce. Würde ich jetzt mal Glück haben? Sobald der Brief im Briefkasten lag, begann das Warten. Überraschend schnell erhielt ich eine Antwort. Ein netter Brief lag vor mir. Er kam von Anja, einer 35-jährigen Frau, Dipl. Agraringenieurin aus Kleinmachnow. Der Ort, der sich in der Nähe von Potsdam befand, war mir damals noch vollkommen unbekannt. Da auch sie noch keinen Telefonanschluss besaß, begann ein kurzer, aber intensiver Briefaustausch zwischen uns. Wir stellten viele Fragen, sprachen über unsere Erfahrungen und unsere Erwartungen an die Zukunft. In diesen Briefen stellten wir eine erste Vertrautheit fest. Es war an der Zeit, uns persönlich kennenzulernen. Wir trafen uns zum ersten Mal am 26. Dezember 1987 in meiner Wohnung in Berlin. Wir waren beide sehr nervös, aber der Zustand dauerte nur wenige Minuten. Bevor wir uns versahen, fanden wir uns in einem angenehmen und sehr vertrauten Gespräch wieder. Als wir uns Stunden später trennten, wusste ich schon, dass ich mit dieser Frau gut leben könnte. Das war schon seltsam. Normalerweise war ich nicht so schnell in diesen Sachen. Aber hier war etwas anders. Von Anfang an bestand eine große Übereinstimmung zwischen uns; unsere Ansichten ähnelten sich und unsere Neugier war geweckt. Die Visionen für die Zukunft waren ebenfalls perfekt. Es war wichtig, dass wir beide unsere mehr oder weniger schlechten Erfahrungen hinter uns hatten und nun sehr genau wussten, was wir wollten oder was wir nicht wollten. Als ich wieder allein war, wurde meine anfängliche Euphorie durch die üblichen Zweifel **ersetzt**. Es gab viele Fragen, die mich verunsicherten. Möglicherweise empfand Anja unsere erste Begegnung anders als erwartet, vielleicht wollte sie mich gar nicht wiedersehen. Ungeduldig wartete ich auf eine Antwort von ihr, die erfreulicherweise nicht lange auf sich warten ließ. Ich war sehr froh. Wir haben uns dann entschieden, den Jahreswechsel 1986/87 in

Kleinmachnow zu feiern. Ich freute mich sehr darauf. An diesem Tag würde mich mein Sohn sicher nicht vermissen. Wie in den vergangenen Jahren möchte er lieber mit seinen Freunden zusammen sein als mit seiner langweiligen Mutter. Ich bin meist allein und schlafend in das neue Jahr gestartet.

Wie geplant, verbrachten wir den Jahreswechsel gemeinsam. Es war ein wunderschöner, angenehmer Abend und ein perfekter Start ins neue Jahr. Ich hoffte, es würde immer so weitergehen.
Kleinmachnow war zu DDR-Zeiten nur schwer zu erreichen. Ich war in Berlin und Anja in Potsdam tätig. Demzufolge war es uns nur möglich, an den Wochenenden zusammen zu sein. Ich fuhr entweder mit der Bahn zu ihr, was zwei Stunden dauerte, oder sie holte mich Freitagabend mit ihrem Auto, ein Trabant, aus Berlin ab. Wir verbrachten zwei wunderbare Tage miteinander und am Sonntagabend fuhr sie mich wieder nach Hause. Die Wochenenden bei ihr waren nie einfach für mich, da ich meinen Sohn während der Zeit allein gelassen habe. Das kannte er bisher von mir nicht. Natürlich war er achtzehn Jahre alt, selbstständig und würde im umgekehrten Fall auch keine Rücksicht auf mich nehmen. Trotz allem konnte ich mich nie gänzlich

von einem mulmigen Gefühl befreien. Mein Eindruck war außerdem, dass er Anja nicht unbedingt mit offenen Armen aufnahm. Er nahm ihr gegenüber eine distanzierte Haltung ein. War er ein wenig eifersüchtig? Bisher war ich ausschließlich für ihn da; hatte er den Eindruck, dass sich das nun ändern könnte?

Meine Großmutter verstarb im Mai im Alter von achtzig Jahren. Sie hatte die Trennung von ihrem einzigen Sohn nie richtig verkraftet und war des Lebens schon lange überdrüssig, verbittert und enttäuscht. In ihrem Testament waren mein Vater und ich jeweils zur Hälfte als Erben ihres bescheidenen Barvermögens eingetragen. Mein Vater sagte damals, kurz vor seiner Ausreise aus der DDR, er würde auf seinen Erbteil verzichten. Eine Aussage, die ich ihm schon damals nicht geglaubt hatte. Wahrscheinlich wollte er lediglich sein Gewissen beruhigen, falls er überhaupt eins besaß. Es überraschte mich daher nicht im Geringsten, dass er inzwischen doch auf seinen Anteil bestand. Das Geld wurde nach einer äußerst komplizierten und zeitaufwendigen Prozedur auf sein Westkonto überwiesen. Wieder war ich es, die sich um die Organisation der Beisetzung und alle notwendigen Formalitäten kümmerte. Obwohl beide Söhne meines Vaters in der DDR wohnten, hatten sie weder Kontakt zu unserer gemeinsamen Großmutter noch zu mir. Leider hat sich dies bis heute nicht geändert, wir sind uns stets fremd geblieben. Mein Vater und seine Frau erhielten für den Tag der Beisetzung eine Einreisegenehmigung von unseren DDR-Behörden. Seine Mutter fand ihre letzte Ruhestätte auf dem St. Petri-Friedhof.

Nach einem Jahr ständigem Pendeln zwischen Berlin und Kleinmachnow entschlossen sich Anja und ich 1989, ein gemeinsames Leben aufzubauen. Es musste lediglich noch eine Entscheidung getroffen werden, wo wir leben wollten. Wir haben uns für Kleinmachnow entschieden. Wir waren uns aufrichtig verbunden, sodass dieser Wunsch immer mehr Gestalt annahm. Meine Zweifel und Ängste, die ich in den ersten Wochen und sogar Monaten unserer Bekanntschaft hatte, waren nicht mehr vorhanden. Ich war bereit, ein gemeinsames Leben mit ihr zu führen, und ich war bereit, meinem geliebten und vertrauten Berlin den Rücken zu kehren. Nie zuvor habe ich es in Erwägung gezogen. Ihr Wesen und ihre Zuneigung waren es, die dazu führten, dass meine Gefühle zu meiner damaligen Freundin Sabrina verblassten und mein Herz wieder offen und zugänglich für eine neue Beziehung war. Ich hätte das niemals für möglich gehalten. Dennoch wagte ich bisher nicht, ihr gegenüber von Liebe zu sprechen. Ich war ein gebranntes Kind. Natürlich gab es vor diesem gewaltigen Schritt noch einige Hürden zu meistern. Meine erste Hürde war mein Kind. Als ich Sascha mit unserem Vorhaben konfrontierte, schien er sehr erstaunt zu sein. Was soll er auch sagen? Obwohl ich seine Zustimmung bekam, hatte ich große Gewissensbisse. Wieder einmal fühlte ich mich unwohl. Ich war doch die Mutter und ich war es, die den Sohn verlassen wollte. Würde er mich verlassen, wäre es in Ordnung gewesen. Aber diese Variante war selten. Bin ich deshalb nun eine schlechte Mutter? Trotz dieser Schuldgefühle sagte mir eine innere Stimme, dass ich diesen Weg konsequent gehen musste, um mein Leben zu verändern und glücklich zu werden. Ich konnte mich von niemandem abhalten lassen. Auch nicht von meinem erwachsenen Sohn. Ich war mir bewusst, dass ich ansonsten für immer allein sein würde. Also, Augen zu und durch. Anjas Mutter Enni stellte die nächste Hürde dar. Ihr gehörte das Haus in Kleinmachnow, seit Jahren wohnte sie dort mit ihrer Tochter. Ihr Sohn, der Bruder von Anja, wohnt schon seit vielen Jahren in Leipzig. Seit mehr als einem Jahr war ich regelmäßig Gast in ihrem Haus, und sie hat mich stets akzeptiert. Dennoch bekam ich Bauchschmerzen, als ich sie eines Nachmittags mit meiner Bitte konfrontierte. Ich bat sie um ihre Zustimmung, in ihrem Haus bei und mit Anja zu wohnen. Diese Frage hatte sie nicht erwartet. Sie war zunächst sprachlos und schien mit der Frage überfordert. Sie überlegte sehr lange und ich spürte, dass ihr die Entscheidung nicht leicht fiel. Alte Vorurteile kehrten zurück. Wäre ich ein Mann, hätte es keine Probleme gegeben und sie hätte mit Freude zugestimmt. Nun war ich aber eine Frau. Kleinmachnow war eine kleine Gemeinde, es würde sich rasch verbreiten. Sie würde nicht nur der Familie reinen Wein einschenken, sondern auch der Neugier und dem Gerede ihrer Nachbarn entgegentreten müssen. Keine leichte Aufgabe. Sie war eine andere Generation, über gleichgeschlechtliche Partnerschaften wurde nie gesprochen, geschweige denn man konnte solche kennen. Trotz aller Bedenken und Befürchtungen stimmte sie schließlich zu. Dies war eine Glanzleistung von ihr und ich war erleichtert und ihr sehr dankbar.

Selbstverständlich hatten wir drei Frauen weiterhin unsere Bedenken bezüglich des Zusammenlebens, jede auf ihre Weise. Seit meiner Kindheit und Jugend habe ich noch nie mit jemandem zusammengelebt, außer mit meinem Sohn. Ich würde nun mit zwei Menschen unterschiedlichen Charakters und Alters unter einem Dach wohnen und mich anpassen, sehr wohl auch unterordnen müssen. Ob ich es schaffen konnte? Ich hatte kein intaktes Familienleben, war milieugeschädigt und brachte einige Macken mit. Könnten Anja und ihre Mutter das aushalten? Ich war einerseits skeptisch, andererseits aber sehr mutig und voller Hoffnung.

Ich musste es einfach versuchen. Meine Mutter und meine Schwester waren keine Hindernisse. Bisher waren beide ahnungslos, was meine Neigungen betraf. Wenn ich so zurückdenke, muss meine Mutter doch etwas geahnt haben. Ich musste häufig die üblichen Bemerkungen und Anspielungen über mich ergehen lassen. Ein Mann muss wohl erst für dich gebacken werden, war eine davon. Meine Mutter zeigte kein Verständnis für meine »Flausen«, wie sie es nannte, und beschimpfte Anja und mich, obwohl sie diese bislang nicht persönlich kennengelernt hatte. Ich hatte es absichtlich unterlassen, die beiden Frauen miteinander bekanntzumachen. Ich empfand Scham für meine Mutter. Dieses Mal war ich gut vorbereitet auf ihre Beleidigungen und ihr Unverständnis und nahm alles gelassen hin. Meine bis zu diesem Zeitpunkt ebenfalls ahnungslose Schwester war jedoch etwas überrascht und überrascht von meinem Geständnis. Aufgrund unserer familiären Verhältnisse sind wir mehr oder weniger getrennt voneinander aufgewachsen, haben nie über uns und unsere Gefühle gesprochen. Zehn Jahre Altersunterschied trugen ihren Anteil dazu bei. Wie es scheint, hatte sie sich bisher noch nie mit dieser Thematik befasst. Sie schien von meinem Geständnis überfordert und benötigte Zeit, um diese Neuigkeit zu verarbeiten. Meinem Vater gegenüber fühlte ich mich nicht verpflichtet, aber er hatte Augen im Kopf und entsprechende

Bemerkungen musste ich auch von ihm ertragen. Er nahm meine Entscheidung zur Kenntnis, akzeptierte sie aber nie.

Im Oktober 1989 war es endlich so weit. Ich zog bei Anja und ihrer Mutter ein, mit klopfendem Herzen und einer großen Menge Hoffnung im Gepäck. Es handelte sich um ein kleines Haus mit zwei Ebenen. Wir richteten im Obergeschoss unseren Bereich ein und meine Schwiegermutter bewohnte das Erdgeschoss. Mein Sohn war zunächst bereit, in unserer Marzahner Wohnung zu bleiben. Ein sehr seltsames Gefühl für meinen Sohn und mich.
Das Zusammenleben begann etwas holprig, doch wir arrangierten uns mehr oder weniger alle miteinander. Immerhin prallten drei Charaktere, drei Meinungen aufeinander. Für uns alle war diese Situation ungewohnt. Unsere Mama übernahm von Anfang an das Kommando in unserem Drei-Frauen-Haus. Anja und ich haben uns rasch aneinander gewöhnt und angepasst; es gab keinerlei Unstimmigkeiten oder Schwierigkeiten zwischen uns. Anfangs fand ich alles wie ein Traum. Es hätte nicht besser sein können. Ich hatte noch nie ein geordnetes Familienleben kennengelernt und fühlte mich jetzt sehr wohl. Obwohl wir beide keine Teenager mehr waren, ließ es sich unsere Mutter nicht nehmen, uns nach Strich und Faden zu verwöhnen. Bei meiner bisherigen

Selbstständigkeit war es für mich sehr ungewohnt, aber ich ließ es geschehen. Es war ein kleines Schlaraffenland, in das ich hineingerutscht war und ich genoss es sehr. Auch von Anjas Verwandten und Bekannten wurde ich optimal aufgenommen und akzeptiert. Dies ist bis in die Gegenwart nicht selbstverständlich.

Am 9. November 89 geschah das Unfassbare. Die Grenzen wurden zur BRD geöffnet. Wir haben diese politischen Unruhen Monate vorher in Berlin und Leipzig besorgt beobachtet, aber nie mit der Öffnung der Mauer gerechnet. Es war eine Lawine, die auf naive DDR-Bürger zurollte. Es herrschte Aufbruchstimmung, alle jubelten damals. Heute ist diese Euphorie bei vielen Ostdeutschen längst in eine Ernüchterung und Resignation übergegangen. Zu viel gut funktionierendes wurde zerstört, zerrissen und für schlecht erklärt, um dann wieder mit einem anderen Namen erneut erfunden zu werden. Trotz allem gab es viel Gutes, auch wenn es heute immer wieder hinterfragt wird. Jedenfalls haben Anja und ich diesen symbolträchtigen Satz von Günter Schabowski zur sofortigen Reise im Fernsehen wahrgenommen, ihn jedoch gänzlich auf andere Art interpretiert. Wir gingen seelenruhig ins Bett. Am nächsten Tag erfuhren wir, was tatsächlich geschehen war und ließen uns dann am Abend vom Strom der jubelnden Menschenmassen mitreißen. Am

Kurfürstendamm, der von jubelnden Menschen gesäumt war, trafen wir uns dann mit Sascha, meinem Sohn. Es war beeindruckend, was wir zu sehen bekamen. Dieser Überfluss ließ die Münder offen stehen. Benötigt man das wirklich alles? Die Freude über die Öffnung der Grenzen hielt an und die Hoffnung auf ein besseres Leben. Aber auch Ängste breiteten sich aus. Wie geht es nun weiter? Viele Menschen fürchteten plötzlich ihren Arbeitsplatz.

Kurz nach meinem Auszug aus der gemeinsamen Marzahner Wohnung hat sich ein langjähriger Schulfreund meines Sohnes bei ihm einquartiert. Ich kannte Andre gut und hatte daher auch keine Bedenken. Tatsächlich fühlte ich mich sogar erleichtert und mein schlechtes Gewissen wurde dadurch etwas gelindert. Ich war froh, weil Sascha jetzt nicht mehr alleine war. Ich habe mir jetzt die ersten Gedanken über die beiden Jungs gemacht. Nach kurzer Zeit des Zusammenlebens verkündeten beide, sie wollen in eine andere Wohnung in Berlin ziehen. War ich bisher noch sehr ruhig geblieben, schlugen meine Sensoren jetzt doch heftig Alarm und die Gedanken rasten durcheinander. Ist meine Vermutung richtig, dass mein Sohn wie ich veranlagt war? Natürlich habe ich bereits einige Anzeichen bemerkt, aber ich wollte es nicht wahrhaben. Nein, das war wirklich unmöglich. Mein Wunsch nach Aufklärung nahm stark zu. Ich wollte mich mit meinem Sohn in Verbindung setzen. Wir trafen uns an einem

Nachmittag im Café in Berlin. Ich stellte ihm die entscheidende Frage und sah ihn voller Erwartung an. Er schien überrascht und gleichzeitig erleichtert zu sein und nickte. Damit war alles klar und alles war gesagt. Folglich war Sascha homosexuell. Ich hatte mich also nicht getäuscht. Endlich war alles geklärt. Wir waren sehr erleichtert und diskutierten weiterhin angeregt miteinander. Er wusste, im Gegensatz zu mir, bereits sehr frühzeitig, dass er einen anderen Weg gehen wollte als ich. Dadurch hatte er keinerlei Schwierigkeiten mit sich selbst oder anderen Menschen. Ich bin stolz auf diese Generation.

Es ist schade, dass er sich mir nicht schon viel früher anvertraut hat. Aber alles benötigt seine Zeit. Aus eigener Erfahrung wusste ich, was für einen Weg er vor sich hatte. Ein Weg, der sicherlich nicht einfach sein wird. Obwohl die Diskussion über Homosexualität heute viel offener geführt wird, wird auch er seine Zukunft nicht ohne Schwierigkeiten gestalten können. Dies war das Letzte, was ich ihm wünschen würde. Vielleicht sah ich alles zu negativ und er würde ein schönes und glückliches Leben haben. Am Ende unseres Gesprächs war es wohl an der Zeit, mich ebenfalls bei ihm zu outen. Ich gebe zu, dass ich mich mit diesem Thema schwergetan habe, immerhin war ich seine Mutter. Wie würde er dieses Thema aufnehmen? Ich war sehr verlegen, suchte nach den richtigen Worten. Aber mein wunderbarer Sohn machte es mir leicht und befreite mich von meiner Bedrängnis mit seinem schelmischen Lächeln. Er wusste längst, was ich ihm mitteilen wollte. Ein Stein fiel von meinem Herzen. Für uns beide war die Welt nun in Ordnung. An diesem Tag fühlte ich mich erleichtert, aufgewühlt, aber auch glücklich. Ich war überzeugt, dass wir uns jetzt noch enger zusammenschließen würden. Wir würden einander besser verstehen, da wir wissen, wie der andere fühlt. Das war für mich ein unvergleichliches Gefühl.

Es war jetzt an der Zeit, meine vier Wände in Marzahn in eine kleinere Wohnung zu tauschen. Obwohl Anja und ich seit anderthalb Jahren zusammenleben, war ich bisher nicht bereit, meine Wohnung aufzugeben. Ich hatte tatsächlich immer noch Angst, dass Anja sich anders entscheiden und unsere Beziehung beenden könnte. Ich hatte einige Eigenheiten, die für andere nicht immer verständlich und zu ertragen waren. Meine Kindheit hat mich stark geprägt. Ich benötigte die kleine Sicherheit einfach noch für mich.

Am 1. Juli war der erste Tag der Währungsunion. Die Menschen im Osten prügelten sich beinahe und drängten sich an die Sparkassen, um die begehrte DM zu erhalten. Jeder wollte, dass es für ihn jetzt besser wird. Für einige Menschen sicherlich auch, aber für viele Menschen leider nicht. Wir Ostdeutsche gerieten in einen Kaufrausch. Das Angebot präsentierte sich überwältigend. Anja und ich waren nicht in der Lage, uns dem zu entziehen. Wir kauften Dinge, die zuvor in der DDR nicht verfügbar waren oder eben unerschwinglich waren. Die Ernüchterung folgte schnell, sowohl für mich als auch für viele andere Menschen.

Meine Firma führte Kurzarbeit für alle Mitarbeiter durch. Dies bedeutete für mich, dass ich ab sofort nur noch sechs Stunden arbeiten musste, aber es bedeutete auch weniger Geld, das ohnehin schon einmal halbiert worden war. Die Angst um den Job wurde immer größer. Die Situation wurde immer bedrohlicher.

Meine Mutter ist im September wieder ins Krankenhaus gekommen. Gangschwierigkeiten und körperlicher Verfall treten auf. Wen wunderte es? Sie war strikt gegen den Vorschlag der Ärzte, in ein Pflegeheim zu ziehen. Schließlich gab es dort Regeln und sie würde sie nie einhalten. Ihr Plan war aber ein anderer. Sie würde gerne zu meiner Schwester ziehen, die nach endloser Wartezeit nun endlich eine eigene Wohnung bekommen hatte. Seit meinem Umzug nach Kleinmachnow war Regina die Tochter, die für meine Mutter schnell erreichbar war. Sobald sie rief, war sie zur Stelle. Sie wohnte nur wenige Straßen entfernt.

Durch meinen Umzug konnte ich mich aus meiner Verantwortung befreien. Ich fuhr nur noch am Wochenende oder bei Bedarf zu meiner Mutter. Ich fand, dass das immer noch genug war. Regina wurde von dem Plan unserer Mutter in Panik versetzt. Sie lehnte es strikt ab. Das ging wirklich nicht. Ich bewunderte Regina, mit welcher inneren Gelassenheit sie unsere Mutter leitete. Denn inzwischen war sie ständiger, aber unerfreulicher Gast bei ihr. Sie wurde oft beleidigt und verhöhnt. Regina ertrug alles mit einer Engelsgeduld und verlor kaum die Kontrolle. Sie war verletzbar und oft der Verzweiflung nahe.

Es wurde der 3. Oktober zum Tag der Deutschen Einheit erklärt. Deutschland war wieder vereint, aber es war bislang nicht zusammengewachsen.

Es herrschte Skepsis und die Frage, welche Auswirkungen dieses neue Deutschland auf uns Ostdeutsche haben könnte. Anja und ich haben ein neues Auto, einen Seat Marbella, gekauft von unseren Ersparnissen. Einige Verwandte belächelten das Auto wegen seiner Größe und seines Aussehens. Wir waren jedoch sehr erfreut über unsere neue Errungenschaft. Ich hatte zu dieser Zeit noch keinen Führerschein, denn an ein Auto hätte ich in der DDR nie gedacht. Nun wurde ich etwas zappelig, es reizte mich sehr, selbst zu fahren. Also meldete ich mich in einer Fahrschule an und begann mit den Kursen. Aufgrund meiner angeordneten Kurzarbeit hatte ich mehr Freizeit, aber merkwürdigerweise auch jede Menge zu tun. Im Haus und Garten gab es stets etwas zu erledigen. Meine Schwiegermutter half nach, wenn ich es nicht von selbst sah oder sehen wollte. Langeweile kam überhaupt nicht auf. Unsere Mütter verlangten häufig angemessene Aufmerksamkeit.

Sascha wollte nicht in seinem erlernten Beruf arbeiten und bewarb sich als Hotelmitarbeiter in einem Berliner Hotel. Ich konnte seine Entscheidung nicht nachvollziehen. Die Wende führte zu einer Veränderung der Vorstellungen und Wünsche, insbesondere bei den jungen Menschen. Er war jedoch alt genug, um zu wissen, was er tat. Die Livree des Hotelboys stand ihm jedenfalls außerordentlich gut. Er sah unglaublich gut aus, und ich platzte fast vor Stolz. Er war ein charmanter und humorvoller Mensch, der sich gut unterhalten konnte. Er zeigte diese positiven Eigenschaften jedoch nur, wenn er wollte und bei wem er wollte. Passte etwas nicht gut, konnte es sehr unangenehm werden.

Wir haben 1991 meine Wohnung in Marzahn in eine kleinere Wohnung in Lichtenberg umtauschen können, was die Miete etwas günstiger machte. Da die Wohnung meistens leer stand, haben wir beschlossen, sie vorübergehend zu vermieten. Wir würden zumindest die Mietkosten wieder hereinbekommen. Dieser Gedanke war mehr als naiv. Er entpuppte sich als eine ziemlich abwegige Idee. Dies führte nicht nur zu einem erheblichen Ärgernis, sondern verursachte auch zusätzliche Kosten. Der junge Mann aus dem Westen von Berlin war nicht in der Lage, die Miete an uns zu zahlen. Er hat uns von Beginn an getäuscht und betrogen. In solchen Situationen agierten wir vollkommen ungeschickt. Um die Wohnung zu bekommen, bettelte er, lag vor uns auf den Knien und erzählte von seinem Leid, bis wir schließlich überredet waren und ihm die Wohnungsschlüssel übergaben. Nicht nur, dass er keine Miete zahlte, er verursachte auch erheblichen Schaden in meiner Wohnung und meinen eigenen Möbeln. Die Couch war aufgeschlitzt und verschmutzt, andere Möbelstücke waren defekt. Die Wohnung war in einem schlechten Zustand. Zigarettenreste und Asche lagen verstreut, leere Flaschen lagen herum. Gespräche und Ermahnungen sowie die Drohung, die Polizei zu informieren, blieben erfolglos. Jetzt waren wir nicht nur wütend, sondern hatten inzwischen auch dazugelernt. Wir haben diesen Albtraum kurz entschlossen beendet. Während seiner Abwesenheit stellten wir seine privaten Sachen zusammen, brachten sie in das Treppenhaus und tauschten das Türschloss aus. Es war vorbei.

Wir sind auf ihn und sein Gerede hereingefallen. Das war nun das Lehrgeld, welches wir bezahlen mussten. Von dem Herrn haben wir nie wieder etwas gehört. Dieses hässliche Erlebnis war dann auch für mich ein Grund, diese Wohnung aufzugeben.

Ein paar Monate später, im Juli, wurde ich vollständig von meiner Firma freigestellt. Erst Kurzarbeit, jetzt frei. Ab Januar 1993 wäre ich dann zunächst erwerbslos. Das war im ersten Moment niederschmetternd für mich. Heidenangst machte sich breit. Andererseits hatte ich noch sechs Monate Zeit, mich um einen neuen Job zu bemühen. Doch reichte die Zeit aus? Wir

kannten in der DDR keine Beschäftigungslosigkeit, und das wollte ich auch jetzt unter keinen Umständen kennenlernen.
Sofort begann ich, Bewerbungsschreiben zu verfassen.
Im Oktober absolvierte ich die Fahrschulprüfung. Ich erhielt meinen Führerschein und war erleichtert. Früher hätte ich nie gedacht, dass ich einmal einen Führerschein habe oder ein Auto fahren würde.
Diese Initiative habe ich wieder einmal Anja zu verdanken. Der Führerschein war nicht ganz trocken, da startete ich meine erste Fahrt allein und nur auf mich gestellt durch den Ort.

Die Beziehung zwischen Sascha und Andre bekam einen Knacks, sie sprachen jetzt häufiger von Trennung. Das hat mich sehr traurig gemacht. Ich hätte Sascha gerne in guten Händen gewusst. Doch er wollte sich ausprobieren.
Nicht nur bei meinem Sohn, auch in unserem Drei-Mädel-Haus, kriselte es nun ein wenig. Es gab immer wieder Diskussionen mit unserer Mutter. Nach dem Mauerfall wurde sie mit sechzig Jahren und gänzlich unerwartet in den Ruhestand versetzt. Ihr Unternehmen wurde aufgelöst. Sie war darauf nicht vorbereitet und mit der Situation sehr unglücklich. Seit frühester Jugend hat sie dort gearbeitet und würde gerne noch ein paar Jahre ihrer Tätigkeit nachgehen. Plötzlich war jedoch Schluss damit. Sie kam lange

Zeit nicht mit dieser staatlich verordneten Freizeit zurecht. Schlagartig fühlte sie sich von uns vernachlässigt.

Selbstverständlich war dies nicht so. Wir haben von Anfang an sehr viel Rücksicht auf sie genommen und waren stets für sie da. Ihre Wünsche wurden sofort und ohne Einwände erfüllt. Ihre Vorwürfe waren ungerecht, aus der Luft gegriffen und entsprachen absolut nicht den Tatsachen. Durch ein Gespräch konnten wir ihre Vorwürfe entkräften und ihr auch die Angst nehmen, überflüssig zu sein. Zunächst waren die Wogen wieder geglättet und ihr Kummer war bis auf Weiteres vergessen. Trotz kleiner Unstimmigkeiten in unserem Haus waren meine Gefühle zu Anja noch stärker geworden. Ein Leben ohne sie konnte und wollte ich mir nicht mehr vorstellen. Ich liebte ihre Hände, die Berührungen und die Nähe. In ihren Armen fühlte ich mich geborgen und hoffte, dass es ihr ähnlich erging. Kurz und knapp: Es war einfach nur wunderschön mit ihr. Endlich angekommen!

Wenn es doch mal Differenzen gab, dann ging es entweder um ihre Mutter oder um meinen Sohn. Bei beiden war unsere Meinung heftig auseinandergegangen und unser Verständnis unterschwellig.

Ich war während meiner Freistellung von der Arbeit nicht untätig. Diese Monate ohne eine angemessene Aufgabe waren für mich ungewohnt und beunruhigend. Seit ich vierzehn Jahre alt war, habe ich gearbeitet. Ich hatte Angst, nicht rechtzeitig einen Job zu finden. Viele meiner Bewerbungen scheiterten, weitere blieben unbeantwortet. Nebenbei betätigte ich mich noch im Haus und verpasste unserem Kohlenkeller einen neuen Anstrich. Er wurde als kleiner Sportraum eingerichtet, den wir mit einigen Fitnessgeräten und einem Radio bestückten. Auch als Statist bei der DEFA war ich eine ganze Woche tätig. Hauptdarsteller des Films war Heinz Hönig. Die Dreharbeiten wurden an der Gutenbergstraße in Potsdam durchgeführt.

Sie beschäftigte meine Schwester und mich weiterhin. Schon wieder war in ihrer Wohnung Strom und Gas abgestellt worden. Ihr Gesundheitszustand war jämmerlich, sie nahm kaum etwas zu sich, trank dafür aber mehr. Sie rührte in ihrer Wohnung wie stets keinen Finger. Dementsprechend sah es wieder aus. Sie war nur noch von Haut und Knochen gezeichnet. Nach ihrer eigenen Aussage fiel ihr jede Handbewegung sehr schwer. Allerdings gelang es ihr weiterhin, in ihre Stammkneipe ein paar Straßen weiterzukommen. Wie sie das anstellte und wie sie wieder zurückkam, war mir ein Rätsel. Immer häufiger musste ich sie zum Arzt bringen; jedes

Mal hoffte ich, dass sie in ein Krankenhaus eingewiesen würde. Wie immer lehnte sie dies strikt ab. Ihr Hausarzt war zunächst sehr geduldig und ertrug ihre Nörgeleien und Beleidigungen. Vor niemandem nahm sie ein Blatt vor den Mund. Doch einmal wurde selbst ihm das zu viel. Er wusste nicht mehr, was er für sie tun konnte. Sie machte doch, was sie wollte.

Doch nicht nur meine Mutter, sondern auch mein Sohn bereitete mir nun Sorgen. Er hatte Geldprobleme, Flausen im Kopf und war auch vor der ein oder anderen Dummheit nicht gefeit. Viel schlimmer empfand ich, dass wir uns nicht mehr so oft trafen. Ich vermisste ihn sehr. Mir fehlten unsere vertrauten Gespräche und unser Zusammensein. Sofern es unsere Zeit erlaubte, trafen wir uns in Berlin, stets auf meine Initiative hin. Manchmal waren wir beide unter Zeitdruck. Es war ein Teufelskreis und das setzte mir emotional zu.
Eine meiner ungefähr hundert Bewerbungen war endlich erfolgreich. Ich habe wieder einen Job angenommen. Drei Monate vor Ablauf meiner Freistellung begann ich in Potsdam eine neue Tätigkeit in der Finanzbuchhaltung. Es erfüllte mich mit Freude und Erleichterung, dass mir der Weg zum Arbeitsamt tatsächlich erspart blieb.

Die Beziehung zu meiner alten Freundin Sabrina war bereits seit geraumer Zeit unterbrochen. Dennoch haben wir uns nie ganz aus den Augen verloren. Manchmal eine Karte oder ein Telefongespräch. Wir haben beide eine Auszeit benötigt. Das hat unserer Freundschaft, die wir stets als einzigartig empfanden, keinen Abbruch getan. Auch bei ihr war die Zeit nicht stehen geblieben; vieles war geschehen. Sie musste einige Schicksalsschläge hinnehmen, z. B. ihre Scheidung und war nun mit einem neuen Partner zusammen. Hatte sie endlich den Mann gefunden, mit dem sie glücklich sein könnte? Sie hätte es verdient. Meines Erachtens hat sie bisher keine so glückliche Hand bei der Auswahl ihrer Männer bewiesen.

Ich habe viele Jahre meines Lebens mit dieser unerwiderten Liebe vergeudet.

Endlich bin ich wieder in der Lage, Liebe zu empfinden. Ich bin glücklich mit Anja, bin beeindruckt von ihrer Ausgeglichenheit, Sachlichkeit, Redegewandtheit und ihrem Wissen. Wir haben in den vergangenen Jahren viel erreicht, schöne Erfahrungen gemacht und tolle Reisen unternommen.

Das Einzige, was uns fehlte, war Zeit. Oft spielten andere eine wichtige und einnehmende Rolle; z. B. Anjas Mama samt ihrer riesigen Familie und Freunde oder eben meine chaotische Familie. Ihre Mutter wurde indessen häufig zu einem Streitpunkt und damit wohl auch eine

schleichende Gefahr für uns beide. Anja hat eine glückliche Kindheit erlebt und daher eine intensive Beziehung zu ihrer Mutter aufgebaut. Sie war sehr rücksichtsvoll ihr gegenüber. Eine Tochter, die jede Mutter sich wünscht.
Mir missfielen einige Dinge, aber ich fügte mich. Sie hielt sich dafür mit ihrer Meinung zu meinem Sohn zurück.
Ich erkannte immer mehr, dass ihre Mutter uns vereinnahmte. Die Familie war groß, der Freundeskreis ihrer Mutter war nicht geringer und die Feiern zu vielen Anlässen entsprechend häufig. Von uns wurde immer erwartet, dass wir dabei waren. Diese Feiern waren für mich nicht angenehm, sie weckten Erinnerungen an die Familienfeiern meiner Jugend. Da wurde viel Alkohol getrunken und man ging nie friedlich auseinander. Ich vermeide bis heute jegliche Form von Feierlichkeiten. Anfangs hatte ich mich geduldig gefügt, aber jetzt war ein Punkt erreicht, an dem ich nicht mehr dazu bereit war. Ich rebellierte. Mein Stimmungsbild führte erwartungsgemäß zu Spannungen zwischen uns drei Frauen. Zusätzlich war ich mit Sascha unzufrieden. Ich hatte das Gefühl, dass er sich mit voller Absicht von mir zurückzog. Ich vermisste ihn und hätte mich gefreut, wenn er den Weg auch mal von sich aus zu uns gefunden hätte. Lag es an der Entfernung von Kleinmachnow-Berlin? Wäre es anders, wenn ich nicht aus Berlin weggezogen wäre? Mein Gewissen meldete sich erneut und ließ

mich nicht zur Ruhe kommen. Gedanken über Gedanken.

Mein Sohn war nun wehrpflichtig, jedoch lehnte er den Dienst an der Waffe ab und musste deshalb im Januar 1993 seinen Zivildienst antreten. Er entschied sich, als Betreuer in einer Beratungsstelle für Homosexuelle in Berlin zu arbeiten. Eine Arbeit, die er sehr ernst nahm und ihm viel Spaß machte.

Am 3. Oktober, gerade nachdem wir unseren Italienurlaub beendet hatten, erhielt ich einen Anruf meiner Schwester. Unsere Mutter ist im Alter von 65 Jahren gestorben. Das traf mich gänzlich unerwartet. Sie zeigte uns immer wieder, wie zäh sie war und wie sie sich gegen ihren körperlichen Verfall wehren konnte. Doch ihr Körper streikte, konnte und wollte nicht mehr funktionieren; einige Organe waren einfach ausgeschaltet. Das erschien mir so surreal. Plötzlich gab es sie nicht mehr. Ich fühlte mich nicht traurig, sondern empfand eine tiefe Befreiung. Ich erkannte allmählich, welche Bedeutung ihr Tod für uns haben würde. Mein ganzes bisheriges Leben war sie immer präsent, jetzt wird es vorbei sein. Das gilt sowohl für sie als auch uns. Fast ihr gesamtes Leben war sie einsam, chaotisch und unglücklich. Die Kindheit unter dem strengen Vater und die Kriegsjahre. Mein Vater war dann in ihr Leben getreten, ihre einzige

große Liebe. Er war ein Feigling und konnte ihr nicht das Leben geben, das sie sich erträumt hatte. Er hatte die gemeinsamen Träume von einem Tag auf den anderen zerstört. Jetzt könnte sie endlich ihre Ruhe finden. Meine Schwester war sehr mitgenommen und traurig über ihren Tod. Anders als ich. Sie, die wie ich gedemütigt wurde und viel Leid mit ihr ertragen musste, trauerte jetzt sehr. So war sie halt, meine Schwester. Wie immer hat sie das Schlimme, was einmal war, verdrängt. Ich beneide sie um diese Fähigkeit.
Erwartungsgemäß hinterließ meine Mutter sehr viel Schulden, sodass für uns Hinterbliebene der erste Weg zum Notar führte, um die Erbschaft auszuschlagen. Wieder oblag es mir, alle Formalitäten und die Kosten für ihre Beisetzung zu übernehmen. Vorausschauend hatte ich für sie schon vor Jahren eine kleine Sterbeversicherung abgeschlossen, die nun zur Auszahlung kam. Wir waren wahrscheinlich die kleinste Familie, die sie auf ihrem letzten Weg begleiteten.

Sascha hat mittlerweile eine größere Wohnung in Berlin bezogen, die meiner Meinung nach zu groß und zu teuer war. Aber was zählt schon mein Standpunkt? Er wollte in die Stadt, in der der Bär steppte und das Leben brodelt. Er war jung und strebte danach, etwas zu erleben.

Wir merkten, dass er häufig müde und antriebslos war, machten uns Gedanken, fanden aber keinen Konsens. Möglicherweise waren es die häufigen Discobesuche. Eines Tages sprachen wir ihn direkt darauf an. Er gab uns ohne Scheu zu verstehen, dass er gelegentlich Ecstasy, eine damals wie heute äußerst beliebte Partydroge, konsumieren würde.

Die Antwort haute mich um. Oh nein, mit allem hatte ich gerechnet, aber damit, offen gestanden nicht. Wir waren im Ostteil von Berlin aufgewachsen, wo es so etwas nicht gab. Ich wusste nicht, was ich sagen sollte.
Der Grund für sein eigenartiges Verhalten und seine andauernde Müdigkeit war nun zumindest offensichtlich. Schon gleich nach dem Mauerfall hatte ich eine geheime Angst, ob er den westlichen Verführungen wohl standhalten würde. Bisher rauchte er nicht, trank selten mal Alkohol. Darauf war ich stolz. Jetzt diese Eröffnung. Das macht mich sehr traurig. Also war meine Befürchtung berechtigt. Das Bild meiner Mutter drängte sich in meine Gedankenwelt. Ist er vorbelastet und daher anfälliger und leichter zu verführen? Warum musste er dieses Zeug nehmen? Ich habe es nicht verstanden und werde es auch nie verstehen. In dieser Beziehung hätte ich ihm tatsächlich mehr Verstand zugetraut. Selbstverständlich versuchte Sascha alles zu verharmlosen und versicherte mir

großkotzig, dass er niemals abhängig davon werden würde. Ich hörte es, doch glauben konnte ich es nicht. Fortan sollte meine Sorge um ihn indessen fester Bestandteil meines Lebens sein.

Im Februar 1994 trafen Sabrina, meine langjährige Freundin, und ich erneut aufeinander. Es war an der Zeit, dass wir unsere auf Eis gelegte Freundschaft wieder aufleben ließen. Sie bestand inzwischen, wenn wir von den Unterbrechungen absehen, bereits seit vierundzwanzig Jahren. Kurzfristig luden Anja und ich sie und ihren Lebenspartner Harald zu uns nach Kleinmachnow ein. Es wurde ein angenehmer und aufschlussreicher Abend mit netten Gesprächen. Wir verstanden uns sofort gut und es kam zu keinerlei Disharmonie.
Harald war ein sehr aufgeschlossener und unterhaltsamer Mann, der die Beziehung zwischen Anja und mir akzeptieren konnte. Wir trennten uns am späten Abend gut gelaunt und wussten, dass wir uns in dieser Runde künftig regelmäßig treffen werden.

Nachdem mein Sohn seinen Zivildienst beendet hatte, arbeitete er jetzt in einem Berliner Café als Store Manager und verdiente dort auch gutes Geld. Er hat seinen Job im Hotel mittlerweile aufgegeben, was ich zumindest ein wenig bedauerte. Ich hatte ihn bereits in meinen Träumen die Aufstiegsleiter emporsteigen sehen.

Aber Träume sind Schäume. Er war erneut verliebt und schloss sich Mike, einem attraktiven, aber sehr verträumten jungen Mann, an. Wieder hoffte ich, dass diese Beziehung beständiger sein würde. Es wird sich zeigen.
Es gab erneut gute Gründe, mich um Sascha zu sorgen. Einige Auffälligkeiten an ihm erregten meine Aufmerksamkeit. Er litt unter chronischen Schmerzen, seine Lymphknoten waren geschwollen und er war häufig erkältet.

Aufgrund der Kreisgebietsreform wurde mein Arbeitsort im Mai verlagert. Es gibt keine andere Möglichkeit, als der Versetzung an diesen Arbeitsort zuzustimmen. Als hätten wir das vorausgesehen, hatten wir uns schon ein zweites Auto zugelegt. Künftig hieß es für mich, siebzig Kilometer mit dem Auto hin und 70 km wieder zurückzufahren. Der Arbeitstag begann um fünf Uhr und endete um 17:00. Die Fahrt über die Autobahn war oft anstrengend. Es blieb wenig Freizeit übrig.
Meine Schwester, ihr Sohn Adrian und ihr langjähriger Freund Raimund waren bereits vor längerer Zeit in eine größere Wohnung umgezogen. Im Juli haben sie geheiratet. Zwei Jahre, nachdem unsere Mutter gestorben war. Anja und ich waren ihre Trauzeugen. Ich war erfreut für meine Schwester, obwohl Raimund nicht unbedingt der Mann gewesen wäre, den ich

ihr gewünscht hätte. Er war für mich ein Spinner, Angeber und Besserwisser. Es gefiel mir nicht, dass er keinen Draht zu meinem Neffen Adrian hatte und sich auch keine Mühe gab, einen zu finden. Er war nicht in der Lage, mit ihm zurechtzukommen, nörgelte an ihm herum. Zusätzlich besaß er einige ekelhafte Laster, die ich aus Erfahrung nicht für gut halten konnte. Selbstverständlich wusste ich auch, dass ich nicht unbedingt zu seinen Freunden gehörte. Er empfand meine und auch die Lebensweise meines Sohnes nicht als angenehm. Aber es herrschte gewissermaßen Waffenstillstand zwischen uns und wir gingen trotz der unterschiedlichen Auffassungen immer respektvoll miteinander um. Egal, ob es sich um Sympathie oder Abneigung handelte, meine Schwester wollte mit ihm ihre Zukunft gestalten. Und so war es auch richtig. Trotz meiner Vorbehalte gegen Raimund erhielt er zumindest einen Bonuspunkt von mir. Er hat sich in den vergangenen Jahren fürsorglich um meine Schwester gekümmert. Ich habe ihm das hoch angerechnet. In vielen Dingen des täglichen Lebens war und ist sie ein wenig unbeholfen. Sie ist sehr naiv und gutgläubig und hat Schwierigkeiten, sich verbal oder schriftlich auszudrücken. Ich hatte nun nur noch den Wunsch, dass er seine Fürsorge auch in der Ehe beibehalten würde. Bedauerlicherweise haben sich meine Schwester und ich in den vergangenen Jahren etwas voneinander entfernt. Nicht nur räumlich, ich wohnte doch nicht mehr in der Nähe, sondern auch gefühlsmäßig. Jeder von uns lebte mittlerweile mehr oder weniger sein eigenes Leben und auch in einer anderen Welt. Unsere Kommunikation beschränkte sich hauptsächlich auf Telefongespräche und Kurznachrichten. Gegenseitige Besuche kamen selten vor. Sie hatte leider einige Eigenschaften unserer Mutter geerbt, an denen sie trotz meiner häufigen Kritik festhielt. Mein Schwager unterstützte sie hierbei leider. Natürlich mochte sie es nicht, wenn ich ihr oft Vorwürfe mache. Ich hatte schnell meinen Ruf als »Meckertante« weg. Sie war meine Schwester, die ich liebte und für die ich mich immer mehr oder weniger verantwortlich fühlte. Von ihr wurde die Sorge eher negativ gesehen oder falsch auslegt. Ich hoffte nun, dass sie bei Raimund in guten Händen sein würde. Es war eine schöne Hochzeitsfeier. Das Brautpaar sah bezaubernd aus. Alles verlief planmäßig. Unser Auto war als Hochzeitsauto gestaltet; auf der Motorhaube befand sich ein riesiger Strauß Blumen. Mein Sohn zog mit dem frisch verheirateten Paar eine Ehrenrunde durch die Straßen Berlins.

Adrian, der Sohn des Paares, war inzwischen ein stattlicher junger Mann von achtzehn Jahren. Auch er versuchte, seinen eigenen Weg zu finden und vertrat eine eigene politische Meinung. Wie bei vielen anderen Jugendlichen in diesem Alter gab es auch bei ihm eine unruhige Zeit, in der er schwer zu handhaben war. Er wurde rebellisch und das Zusammenleben mit seinen Eltern, besonders mit Raimund, war schwierig. Dies führte zu familiären Konflikten, Streit und Meinungsverschiedenheiten.

Im November 1996 stellte man bei Anjas Mama Parkinson fest. Das war ein Schock für uns alle. Sie war selten krank, hatte immer körperlich schwer gearbeitet. Wir mussten alle lernen, uns mit dieser Situation auseinanderzusetzen. Die Beziehung zwischen Anja und mir wurde jetzt auf eine harte Probe gestellt. Wir wurden von unseren beiden Familien stark gefordert. Denn nicht nur um meinen Sohn machte ich mir ständig Gedanken, sondern auch die Situation mit meiner Schwiegermutter Enni wurde schwieriger. Sie erwartete stets volle Aufmerksamkeit von uns. Haben wir vorher nicht allzu viel Zeit für uns gehabt, blieb jetzt nichts mehr übrig. Ich war frustriert, unzufrieden und hatte nicht immer die beste Stimmung. Ich habe immer die Fürsorge von Anjas Mutter zu schätzen gewusst, aber allmählich stellte sich bei mir ein unangenehmes Gefühl ein. Mehr oder weniger fühlte ich mich entmündigt von ihr. Meine Selbstständigkeit war komplett verloren gegangen. Sie hat das Leben von Anja und mir sehr beeinflusst. Alles drehte sich ausschließlich um sie. Und es gelang uns nicht, etwas dagegenzusetzen. Wir erhielten die Quittung dafür, dass wir jahrelang zu viel

Rücksicht auf sie genommen, unsere eigenen Bedürfnisse hinten angestellt haben.

In dieser Phase wurde ich von meinem Sohn auf den Boden der Tatsachen befördert. Er, der uns selten und wenn, dann nur nach Aufforderung besuchte, stand eines Tages plötzlich vor unserer Tür. Ich hätte mich so gerne über seinen plötzlichen Besuch gefreut, aber es stellte sich sofort ein mulmiges Gefühl ein. Es war etwas nicht in Ordnung, es musste etwas geschehen sein. Er begann mit sehr ernster Stimme.
„Ich bin HIV-positiv". Absolute Stille.
Ich denke, ich habe ihn in diesem Moment nur mit großen Augen und ungläubig angeschaut. Es erschien, als hätte ich nichts mehr unter Kontrolle. Mein Herz schlug schneller und die Tränen kullerten. Ich konnte nichts dagegen tun. Ich versuchte, die Informationen zu ordnen. Was hat er soeben gesagt? HIV? Dies war also der Grund für sein Kränkeln, seine geschwollenen Lymphknoten und sein krankes Aussehen.
Ich spürte Angst, meinen Sohn zu verlieren. Damals war das Wissen über HIV und Aids noch in den Kinderschuhen und diese Diagnose war zu der Zeit gleichzusetzen mit einem Todesurteil. Ich hatte unzählige Bilder und unzählige Fragen im Kopf und hätte nur noch heulen können. Doch ich beherrschte mich. Ich benötigte sehr lange, um diese Nachricht zu verarbeiten. Er war noch jung, sein Leben und seine Zukunft lagen vor ihm.

Wie sollte ich nun reagieren, wie kann ich ihm helfen? Momentan herrschte bei mir nur noch große Unsicherheit und Angst. Ich fühlte mich überfordert und dachte nur noch an Sascha.
In dieser Situation agierte ich zeitweise etwas überladen und chaotisch. Ich hatte Angst, ihn zu verlieren, bombardierte ihn täglich mit Anrufen, Blitzbesuchen und guten Ratschlägen. Ich muss ihm mächtig auf die Nerven gegangen sein.
Er musste mein Treiben endlich beenden. Mit deutlichen und auch sehr heftigen Worten holte er mich wieder in die Realität zurück. Dies war zunächst sehr schmerzhaft für mich, aber genau das, was mir in dieser Situation geholfen hat.
Es gelang mir, wieder in die Normalität zurückzukehren und das zu akzeptieren, was nicht mehr zu ändern war. Mein Sohn lernte rasch, mit seiner HIV-Infektion umzugehen. Seine Lebensgewohnheiten musste er extrem verändern. Nur so konnte er in den ersten Jahren ein nahezu normales Dasein führen. Ich bewunderte ihn aufgrund seiner Disziplin und Willensstärke. Aus Sorge um die Gesundheit von Sascha und Mike, der ebenfalls positiv infiziert war, entschieden sich Anja und ich, wenige Zeit später für beide ein Auto zu kaufen. Einen Gebrauchtwagen für eventuell auftretende Notfälle. Ich weiß natürlich heute, dass es übertrieben war, aber ich fühle mich damit besser. Wir mussten das Geld wirklich zusammenkratzen, aber mit der Summe einer gerade ausgezahlten

Versicherung von Anja konnten wir das Unmögliche erreichen. Wir haben das Auto mit Schleifchen versehen und voller Freude übergeben.
Die Überraschung war gelungen, unser eigentliches Ziel wurde jedoch nicht erreicht. Schon ein Jahr später hatten sie mit diesem Auto einen Verkehrsunfall mit Totalschaden. Sie hatten Glück und blieben dabei glücklicherweise unverletzt. Alle, auch wir, sind mit einem Schrecken davongekommen.

Unsere Mama Enni war krank und ihr Zustand verschlechterte sich immer mehr. Vieles gestaltete sich nicht mehr so, wie sie es gewohnt war. Sie entschied sich deshalb, ihr Haus zu verkaufen und in eine altersgerechte Wohnung umzuziehen. Es war für sie ein schwieriger, aber letztlich doch sehr vernünftiger Entschluss. Sie war sich bewusst, dass ihre Krankheit nicht mehr zu stoppen war. Eines Tages würde sie die oberen Räume nicht mehr erreichen können und zum Umbau unseres Hauses fehlte uns das nötige Geld. Wir suchten zusammen einen Makler, der das Haus zum Verkauf anbot. Wir begannen mit der Suche nach zwei Wohnungen und konnten auch relativ schnell fündig werden. Genauso schnell war ein Käufer für das Haus gefunden, alle Formalitäten erledigt und bereits im Juli konnten wir drei Damen unsere Wohnungen besichtigen. Anja und ich waren nun räumlich von unserer

Mutter getrennt, aber immer noch nah genug bei ihr.

Unser neues Zuhause verfügte über drei Zimmer, zwei Balkone, Bad, Toilette und eine Tiefgarage. Ich war von dieser großzügig geschnittenen Wohnung begeistert. Meine Schwiegermutter wohnte in einer gleichwertigen Wohnung mit zwei Zimmern. Zehn Jahre lang hatten wir drei Frauen unter einem Dach gelebt. Jetzt würde sich zeigen, wie wir dieses neue Wohngefühl annehmen würden. Die Veräußerung des Hauses hat uns inzwischen auch etwas Geld eingebracht. Unsere Mama hat das Geld unter ihren Kindern, mich eingeschlossen, sehr großzügig und gerecht verteilt. Wir konnten beide Wohnungen neu einrichten. Es war ein Vergnügen, Möbel und alles, was man so benötigte, gemeinsam zu wählen. Hier wurde unser erster Computer aufgestellt. Mit Begeisterung und technischem Wissen von meinem Sohn habe ich mich seither kontinuierlich im Selbststudium weitergebildet. In der neuen Umgebung fühlten wir uns wohl und genossen unser Alleinsein zu zweit. Unsere Mama benötigte erwartungsgemäß etwas länger, um sich an die neue Wohnung, vor allem aber an das Alleinsein zu gewöhnen. Sie war nur gefühlt allein, denn sie hatte neben der großen Familie noch viele Freunde und Bekannte. Wir waren, wie sie es gewohnt war, immer für Sie da.

Im Jahr 1999 geriet ich an meinem fünfzigsten Geburtstag in eine kleine Krise. Das Alter war erschreckend. Aber Augen zu und durch. Nachdem ich zuvor keine sportlichen Aktivitäten unternommen hatte, packte mich nun der Ehrgeiz. Zunächst begann ich mit dem Laufen. Anja lief schon seit ihrer Jugend, mich konnte sie bislang nicht überzeugen. Indessen scheint der Knoten auch bei mir geplatzt zu sein. Mein Ziel war es, meinen Kopf freizubekommen und so vielleicht auch einige Kilo abzunehmen. Ich fing an, Anja erst einmal bei ihren Läufen zu begleiten. Anfangs war es eine unangenehme Quälerei für mich, und ich war nahe daran, aufzugeben. Aber ich hielt durch. Ich wurde immer aktiver und hatte endlich auch Spaß daran. Ich war stolz auf mich. Meine Freundin Sabrina und ich blicken mittlerweile auf eine dreißigjährige Freundschaft zurück. Der Kummer, den wir beide einmal aus Unverständnis und Unwissen hatten, war längst vergessen. Unsere Freundschaft war gut. Wir hatten alle Höhen und Tiefen überwunden. Zu unserem Jubiläum reisten wir zwei noch einmal nach Thüringen, dem Ort, an dem wir vor vielen Jahren unsere Ferien verbracht und schöne Zeiten mit den Kindern erlebt haben.

Die Wege von Sascha und Mike trennten sich leider in diesem Jahr, aber sie wollten weiterhin Freunde bleiben. Mike studierte im Ausland und Sascha arbeitete weiterhin als Store Manager. Sascha und Mike hatten gelernt, mit der

HIV-Infektion zu leben und kamen gut damit zurecht. Dank der Medikamente ging es ihnen erfreulich gut. Die Infektion verlor dadurch allmählich und insbesondere für mich etwas von ihrem Schrecken.

Im April 2001 entschied ich mich, meinen Dienstort zu wechseln. Ein anderes Amt, eine andere Abteilung, ein anderes Arbeitsgebiet. Die Versetzung bedeutete einen kürzeren Arbeitsweg, geringere Kosten und mehr Freizeit. Das neue und gänzlich fremde Arbeitsgebiet stellte mich vor große Herausforderungen. Das Resultat waren zahlreiche schlaflose Nächte. Ich war nah dran, alles hinzuschmeißen. Aber aufgeben war noch nie mein Ding. Also biss ich mich durch und schaffte es.

Dann kam der September, genauer gesagt der

11. September 2001!

Das Datum ist allgemein bekannt und jeder versteht sofort, worum es geht. Wir erlebten es hautnah, als wir eine Reise nach Florida planten. Alles war gebucht, das Auto, die Unterkünfte und die Attraktionen. Am 11. September 2001 starteten wir von Tegel aus. Unser Flug sollte über

Cincinnati nach Florida führen, doch es kam anders. Wie viele andere Flugzeuge an diesem Tag landete auch unser Flugzeug um 12:00 Uhr in St. Johns auf Neufundland. Die Passagiere waren ahnungslos über den Grund für diese Zwischenlandung. Gerüchte über ein Attentat oder eine Entführung machten die Runde. Unbehagen und Angst verbreiteten sich in der Kabine. Die Crew wirkte zunehmend nervös. Nach der Landung durfte kein Passagier das Flugzeug verlassen. Wir saßen regungslos auf unseren Sitzen, für volle zwölf Stunden. Als die Vorräte an Getränken und Lebensmitteln erschöpft waren, konnten wir endlich in Gruppen aussteigen und in die bereitstehenden Busse wechseln. Es war bereits Mitternacht. Wir durften nichts außer unseren Dokumenten mitnehmen; alle anderen Gegenstände mussten in der Maschine bleiben. Die Busse brachten uns zu einem Eisstadion, wo eine umfassende Prozedur stattfand, die bis in die frühen Morgenstunden dauerte. Anschließend wurden die Menschen mit Bussen zu verschiedenen Einrichtungen wie Schulen, Kirchen und anderen öffentlichen Gebäuden gebracht. Wir wurden in einer Highschool untergebracht, wo Matten in den Klassenräumen und der Turnhalle für uns ausgelegt waren. Immer noch im Unklaren über das Geschehene waren wir alle erschöpft, müde und ängstlich und bemühten uns zunächst, auf den Matten etwas Schlaf zu finden. Menschen unterschiedlichen Alters und verschiedener Nationalitäten befanden sich in einem Raum. Wir fanden unter den Bücherregalen eine Schlafmöglichkeit. Am nächsten Morgen sahen wir auf einer großen Leinwand in der Aula der Schule die Berichte über die Anschläge auf das World Trade Center und das Pentagon. Wir waren tief schockiert und ängstlich. Das Wort "Krieg" war allgegenwärtig im Radio und Fernsehen. Niemand wusste, was als Nächstes passieren würde. Die Unterstützung der Bewohner von St. Johns zu dieser Zeit war außergewöhnlich und einzigartig. Sie versorgten uns vorbildlich mit Lebensmitteln, Kleidung und Hygieneartikeln, von A bis Z. Sie stellten Computer zur Verfügung, damit wir unsere Familien zu Hause anrufen oder per E-Mail informieren konnten. Einige Bewohner boten uns sogar ihre Autos an oder unternahmen Sightseeing-Touren mit uns durch die Stadt. Es war uns nicht gestattet, uns weit von unseren Zufluchtsorten zu entfernen. Andererseits boten einige Bewohner Familien mit Kindern, älteren Personen oder anderen

Bedürftigen komfortablere Unterkünfte in ihren Häusern an. Diese Solidaritätsaktion war beeindruckend und unvergesslich. Wir waren zutiefst dankbar. Insgesamt verbrachten wir sechs Tage dort. Am 16. September kehrten wir in unsere Heimatländer zurück. Der Wunsch nach Urlaub war bei den meisten Menschen nun verflogen. Auch wir sehnten uns nur noch danach, nach Hause zurückzukehren.

Es gab nun häufiger kleine Meinungsverschiedenheiten zwischen meinem Sohn und mir. Oft entstanden diese wegen Kleinigkeiten, aber ihre Auswirkungen waren keineswegs unbedeutend. Er fühlte sich oft von mir angegriffen und hielt sich stets im Recht. Er stand über den Dingen und zeigte wenig Einsicht. Das Schwierige war, dass wir uns in vielen Aspekten sehr ähnlich waren, insbesondere in unserer Sturheit. Ich hoffte auf Einsicht von seiner Seite, doch er war nicht dazu bereit. Es vergingen tatsächlich Wochen oder sogar Monate, bis wir uns nach Streitigkeiten wieder annäherten. Jeder fühlte sich ungerecht behandelt und verletzt, ein sinnloser Kreislauf. Ich litt darunter, da ich spürte, dass er mich bewusst warten und leiden ließ. Er kannte mich gut, und deshalb schaffte er es jedes Mal, dass ich den ersten Schritt zur Versöhnung machte.

Nach unserem Einzug in die neue Wohnung setzten sich die Probleme fort. Wir stellten bald Mängel fest, die zu monatelangen Verhandlungen mit dem Vermieter und schließlich zu rechtlichen Schritten führten. Doch feststellen, dass man im Recht ist, und tatsächlich Recht zu bekommen, waren zwei völlig verschiedene Dinge, die wir plötzlich erfahren mussten. In unserem Fall behielten wir nur teilweise Recht. Letztlich entschieden wir uns dazu, die Wohnung aufzugeben, da sich die Umstände dort nicht verbessern würden. Wir haben schnell eine neue Wohnung in der Nachbargemeinde gefunden. Sie war jedoch nun etwas mehr von der Wohnung unserer Mutter entfernt, was ihr natürlich nicht gefiel. Wir konnten dieses Mal jedoch nicht auf ihren Einwand eingehen und zogen im April nach Stahnsdorf um. Für unsere Mama würde sich nichts ändern; wir waren stets bereit, wenn sie uns benötigte. Nach dem Stress, Umzug und den dazugehörigen Maßnahmen genossen wir noch einmal einen Urlaub in der Toskana. Wir fuhren jedoch nicht alleine, dieses Mal begleitete uns unsere jetzt gemeinsame Freundin Sabrina. Der großzügige Ferienbungalow lag inmitten von Pinien und Zitronenhainen. Wir drei Frauen verstanden uns sehr gut und genossen die Landschaft, Sonne, Natur und Ruhe. Für ein wenig Aufregung sorgten wir dann an einem Morgen selbst. Anja, die während unseres

Aufenthalts ihren fünfzigsten Geburtstag feierte, sollte an diesem Tag gebührend und vor allem eindrucksvoll von uns überrascht werden. Auf einem Tablett mit fünfzig brennenden Teelichtern. Es schien, als ob die Überraschung gelungen war, doch ein wenig anders als erwartet. Die Teelichter wurden so heiß, dass das Tablett zu einer einzigen großen Flamme wurde. Geschrei brach aus. Wir griffen mutig und reaktionsschnell zu einer herumliegenden Decke und warfen diese über die Feuerstelle, um die Flammen zu löschen. Danach war das Tablet unbrauchbar und die Erleichterung war groß. Den Rest des Tages verbrachten wir dann aber noch sehr angenehm.

Das Jahr 2003 war für uns ein aufregendes Jahr. Anja ist nun endgültig erwerbslos geworden. Sie hatte es lange geahnt. Das traf sie zwar nicht unerwartet, jedoch sehr heftig. Sie klagte aber nicht und begann sofort mit großem Enthusiasmus, Bewerbungen zu schreiben. Es war eine schwere Zeit für uns alle, besonders aber für sie selbst. Jetzt bewarb sie sich für alles, was ihr einigermaßen seriös erschien. Sie war sich für nichts zu schade. Sie bildete sich in von dem Jobcenter verordneten, aber vollkommen sinnlosen Seminaren weiter, arbeitete in unterschiedlichen Branchen ohne Bezahlung und wurde wieder entlassen. Für sie war dies eine Odyssee, enttäuschend und deprimierend.

Niemand konnte es ihr verübeln, dass sie langsam den Mut und den Glauben an einen Neuanfang verlor. Sie war psychisch sehr angeschlagen und litt unter Depressionen und Schlafstörungen. Mein verzweifelter Versuch, sie immer wieder zu motivieren, war über lange Zeit erfolglos. Ihr Selbstvertrauen war eingeschränkt. In einer derart herausfordernden und hoffnungslosen Lage kam es nun erneut zu einer Lawine. Die Krankheit ihrer Mutter verschlechterte sich zunehmend; sie benötigte eine Rundum-Betreuung, die wir ihr Zuhause nicht garantieren konnten. Sie musste in ein Pflegeheim verlegt werden. Für unsere Mutter, aber auch für Anja war der Gedanke an ein Heim ein Schock. Niemals wollte Anja ihre Mutter in ein Heim geben. Aber jetzt war alles anders. Es gab keine andere Möglichkeit. Wir begannen mit der aufwendigen und langwierigen Suche nach einem guten Pflegeheim.

Wir fanden es unerwartet in der Nähe unseres Wohnortes. Wir besuchten sie nun täglich. Auch ihre Familie und Freunde besuchten sie regelmäßig, um ihr das Einleben leichter zu machen.

Auch meiner Schwester ging es nicht gut. Sie litt unter gesundheitlichen Problemen. Schließlich wurde bei ihr die Krankheit Lupus Erythematodes diagnostiziert, eine bisher nicht vollständig erforschte Immunschwäche, die im schlimmsten

Fall sogar zum Tod führen kann. Ab sofort stand sie unter ständiger ärztlicher Überwachung; eine vorzeitige Rente wurde angestrebt. Ihr Alter betrug vierundvierzig Jahre. Wieder musste ich mit Groll an unsere Mutter denken, die ich für den Gesundheitszustand meiner Schwester verantwortlich machte.

Aufgrund der Erwerbslosigkeit von Anja war unser finanzielles Budget deutlich geschrumpft. Wir haben uns dennoch zwei Wochen Urlaub in Kärnten gegönnt. Besonders Anja benötigte Ruhe und Abstand zum Alltag. Die Berge waren dafür ideal geeignet. Viel zu schnell war die schöne Zeit vergangen; wieder zurück in Deutschland ging das Schreiben von Bewerbungen sofort weiter. Aus Verzweiflung heraus wagte sie einen beruflichen Neuanfang und arbeitete sich in die Versicherungsbranche ein. Dies bedeutete für sie, dass sie sowohl tagsüber als auch abends häufig unterwegs war. Egal, ob es sich um Schulungen, Seminare oder Kunden handelt. Zusätzlich musste sie für eine Prüfung lernen. Unsere Zeit war knapp bemessen. In der Woche waren wir beide arbeitsmäßig stark belastet, die Wochenenden gehörten meist ihrer Mutter im Heim.

Mein Sohn war verliebt, dieses Mal jedoch sehr unglücklich. Der Mann war ein Italiener, der als Tourist in Deutschland war. Es schien aussichtslos zu sein. Der Angebetete war zudem in einer festen Beziehung. Sascha war am Boden zerstört, weinte bitterlich und hatte keinen Lebensmut mehr. Ich habe ihn noch nie so aufgewühlt und leidend gesehen. Deshalb versuchte ich alles, um ihn zu beruhigen und wieder aufzubauen. Es tut mir leid, ihn so leiden zu sehen. Andererseits war ich dankbar, dass ich in dieser Situation bei ihm sein konnte und er sich mir anvertraut hatte. Wir sprachen lange oder besser gesagt, ich sprach und er weinte. Aber dann versiegten auch die stärksten Tränen. Unser sehr persönliches Gespräch hat sich gelohnt. Er fasste sich und konnte fast schon lächeln.

Ich brachte ihn schließlich nach Hause und konnte ihn mit ruhigem Gewissen alleine lassen. Wochen später war der Italiener fast vergessen.

Anja und ich kennen uns inzwischen achtzehn Jahre. Nicht eine Minute davon wollte ich missen. Wir haben viel erlebt und viele Herausforderungen gemeinsam bewältigt. Wir waren stets bereit, einander zu unterstützen und unsere kleinen Fehler und Schwächen zu akzeptieren.

Bedauerlicherweise blieb die Beziehung zwischen meinem Sohn und ihr auch nach vielen Jahren angespannt. Ich hätte es mir anders gewünscht. Sie waren bemüht im Umgang miteinander, konnten jedoch nie wirklich zusammenfinden. Anja war von Anfang an überzeugt, dass er arrogant und narzisstisch sei. Ich wollte das nicht glauben, er war mein Sohn und wie die meisten Mütter war ich blind, wenn es um ihn ging. Er war immer charmant, wenn er wollte. Er war witzig, lustig und wickelte so jeden um den Finger. Auch bei mir hat diese Methode immer reibungslos funktioniert. Seine weiblichen Freundschaften bedauerten zutiefst, dass er als potenzieller Partner nicht zur Verfügung stand. Aber er konnte auch anders sein.

Dann war er extrem rücksichtslos. Dies betraf vorwiegend mich. Anja und ich haben häufig unterschiedliche Auffassungen darüber, wie man sein eigenartiges und ungerechtes Handeln verstehen sollte. Doch trotzdem wir unterschiedliche Ansichten hatten, war sie stets bereit, ihm zu helfen.

Seit einigen Jahren gibt es in Deutschland endlich das Lebenspartnerschaftsgesetz und wir entschieden uns, unsere Beziehung nun standesamtlich beglaubigen zu lassen. Wir waren uns bewusst, dass wir weiterhin nicht dieselben Rechte und Pflichten wie heterosexuelle Paare haben, aber wir wollten unserer Beziehung die Krone aufsetzen. Im April 2005 standen wir im Kreise unserer Liebsten aufgeregt vor der Standesbeamtin. Nach unserem Ja-Wort hat sie unsere Partnerschaft besiegelt. Meine Schwester und Anjas Bruder waren die „Trau"zeugen der Zeremonie. Mein Sohn, der als Fotograf fungiert, sein Ex-Freund Mike und unsere Mama waren Ehrengäste. Auch mein Schwager Raimund war natürlich eingeladen, doch er lehnte ab. Unsere Art von Partnerschaft entsprach nicht seinen Vorstellungen. Mit einem gemütlichen Hochzeitsessen ließen wir den Tag ausklingen. Am nächsten Morgen machten wir eine kurze Reise nach Rom.

Anja hat sich aus vielerlei Gründen aus dem Beruf des Versicherungsmaklers zurückgezogen. Sie arbeitete unentwegt weiter in allen möglichen zumutbaren und unzumutbaren Jobs. Sie zeigte keine Scheu. Zunächst arbeitete sie in einem Callcenter unter haarsträubenden Bedingungen, dann als Zimmermädchen in einem Hotel und schließlich als Vertreterin für Futtermittel. Es war eine sehr anstrengende und frustrierende Erfahrung. Sie hatte weniger Selbstvertrauen und traute sich bald nichts mehr zu. Bei uns ging es auch finanziell immer mehr bergab. Mein Gehalt allein reichte nicht mehr aus, um unseren Lebensstandard zu decken. Und wieder spielten wir mit dem Gedanken, die alte Wohnung aufzugeben. Die Miete war sehr hoch, niemand konnte sagen, wie es bei Anja weitergehen würde. Also suchten wir wieder......Nach zwei oder Besichtigungen entschieden uns für eine Zweizimmerwohnung in Kleinmachnow, die hell, geräumig und die Miete angemessen war.

Mein viertes Leben

2007 – 2017

Mein Sohn war aufs Neue verliebt. Natürlich war das nicht ungewöhnlich für ihn, doch weltoffen wie er war, traf Amors Pfeil erneut einen jungen Amerikaner. Er war einige Zeit als Tourist in Deutschland unterwegs, lebte und arbeitete jedoch seit einigen Jahren in Boston. Er hatte mir von dieser Eroberung berichtet, aber ich hatte sie leichtsinnigerweise nicht ganz ernst genommen. Das war ein Fehler, wie ich jetzt feststellen konnte. Eines Tages bat mich mein Sohn überraschend um ein Treffen. Ich war verwirrt, denn das ist noch nie passiert. Es würde also etwas ganz Besonderes sein, wenn **er** mich um ein Treffen bat. Und es war etwas Besonderes, ich bemerkte es sofort bei meinem Eintreffen. Er wirkte sehr angespannt auf mich und mein Herz schlug schneller. Was geschah nun? Er eröffnete mir mit großen Augen, aber einem unsicheren Lächeln, dass er geheiratet hat. Ich dachte, ich hätte mich verhört. *Geheiratet?* Ist dies einer seiner Scherze? Er veralbert mich und ich falle wie immer auf ihn herein. Er würde sofort herzhaft lachen und mich in den Arm nehmen. Doch genau das geschah gerade nicht. Er saß mir gegenüber und sprach kein Wort. Es musste demnach ernst gemeint sein. Ich versuchte etwas zu ihm sagen, doch meine Stimme versagte und ich sah ihn nur ungläubig an. Dann löste sich meine Blockade und wurde zu einer eisigen Leere. Mein Kopf sortierte das, was gerade gesagt wurde. Sascha war also jetzt mit dem Amerikaner verpartnert. Er war alt genug und musste mich nicht um Erlaubnis fragen. Doch weshalb geschieht dies auf diese Weise? Weshalb ohne eine Information, ohne meine Anwesenheit? Was ist der Grund, warum er mich ausgrenzt? War es die Angst vor unangenehmen Fragen, die Kritik oder war es einfach nur Gleichgültigkeit? Ich bin doch seine Mutter. Es tat unheimlich weh, ich verstand das nicht und fühlte mich zutiefst verletzt. Doch ich musste mich zusammenreißen. Jetzt bitte nicht weinen! Es war aber nicht das Einzige, was er mir zu sagen hatte. Er kündigte an, Deutschland zu verlassen, um mit Jason in Boston zu wohnen. Ich war sicherlich nicht zimperlich im Umgang mit Schicksalsschlägen, aber das war nun selbst für mich etwas zu viel. Meine Gedanken wurden zu einem Purzelbaum und ich musste um Fassung kämpfen.

Was ist hier gerade geschehen und was hat er vor? Hatten er und Jason alles bis zum Ende durchdacht? Er war HIV-positiv, hatte keine Arbeitserlaubnis und damit auch keinen Job. Als Tourist wäre es noch in Ordnung, aber aufgrund seines Krankheitsbildes würde er nie eine Aufenthaltsgenehmigung für das Land erhalten. Wie wird er sich sein Leben in diesem Land vorstellen? Mir wurde schlecht bei diesen Gedanken. Es bereitete mir große Mühe, ihn zu verstehen und seinen Gedanken nachzugehen. Ich behielt meine Gedanken und Bedenken für mich. Er hätte meine Meinung ohnehin nicht hören wollen, war fest entschlossen und niemand, schon gar nicht ich, hätte ihn aufhalten können. Ich war traurig und verstand die Welt nicht mehr. Ungefähr einen Monat später haben wir Jason kennengelernt. Ein junger Mann von fünfundzwanzig Jahren, der in Boston als anerkannter Promi-Friseur arbeitete. Ich konnte verstehen, dass Sascha sich in ihn verliebte. Unsere Unterhaltung verlief anfangs etwas holprig, denn seine Deutsch- und unsere Englischkenntnisse waren mehr schlecht als recht, aber Sascha sprach und vermittelte. Ja, da saßen sie nun, beide Jungs, amtlich verpartnert und lächelten glücklich. Was soll ich dazu jetzt sagen?

Mein Sohn begann im Juni ernsthaft, seine Wohnung in Berlin zu räumen. Ich fühlte mich ganz und gar nicht wohl bei seinem Tun. Er beabsichtigt jetzt alles aufzugeben, was er sich in Deutschland aufgebaut hatte. Seine Arbeit, seine Wohnung und seinen ganzen Haushalt. Er verkaufte, verschenkte und verhökerte alles. Alles, was ich ihm ausreden konnte, war, seine Lebensversicherung, die ich für ihn abgeschlossen hatte, voreilig zu kündigen. Seine Zukunft war für ihn nun Boston.

Viel zu schnell rückte der Tag seiner Abreise heran. Plötzlich hatte er aus Liebe zu Jason oder vielleicht auch um in den USA keine Schwierigkeiten zu bekommen, den Namen seines Partners angenommen. Ich hatte den Eindruck, dass alles, was uns einst zusammenhielt, mittlerweile nicht mehr existiert. Mir war schwindlig und in meinem Kopf spielten sich die schlimmsten Dramen ab. Ich wusste, dass das alles nicht gut gehen kann. Trotz seiner positiven Einstellung blieb es in meinen Augen ein aussichtsloses Experiment. Merkte er nicht, dass er einen großen Fehler machte? Nein, er bemerkte es nicht oder wollte es wahrscheinlich nicht bemerken. Er war verliebt, verblendet, blind und hatte eine rosafarbene Brille auf. Was kann ich tun? Er war ein erwachsener Mann, niemand hätte ihm seine Pläne zerreden können. Also arrangierte ich mich und machte gute Miene zu diesem tragischen Spiel. Um ihm den Beginn in den USA zu erleichtern, nahm ich sogar noch einen Kredit über 5.000 Dollar auf. Ohne das Wissen von Anja. Ich weiß, dass Anja nichts dagegen gehabt hätte, aber es hätte sie sehr beunruhigt. Aufgrund ihrer Erwerbslosigkeit sind wir seit einiger Zeit finanziell etwas angeschlagen. Am 17. Juli 2006 war der Tag seiner Abreise. Ich holte Sascha und

Jason mit dem Auto ab und brachte sie zum Flughafen. Zum letzten Mal umarmte ich meinen Sohn und unterdrückte die Tränen. Ich wusste, dass er es nicht mochte, wenn ich weinte. Ich übergab ihm den Umschlag mit den 5.000 Dollar, mit ein paar aufmunternden Worten von Anja und mir, bevor es mich nur noch wegtrieb. Von diesem Tag an sollte nichts mehr sein, wie es einmal war. Fortan war die Kommunikation mit meinem Sohn nur noch sehr unregelmäßig, manchmal per E-Mail, manchmal via Skype. Es war wegen des Zeitunterschieds schwierig. Die Anfänge in Boston gestalteten sich wie erwartet schwieriger, als sie es sich vorgestellt hatten. Unvorhersehbare oder besser nicht bedachte Hindernisse stellten sich meinem Sohn in den Weg. Die Suche nach einem Job erwies sich als schwierig und sollte Zeit in Anspruch nehmen. Er konnte daher kein Geld zur Haushaltskasse beitragen, was ihn sehr belastete. Jason musste zunächst allein für alle Kosten aufkommen. Erst nach Monaten kam der erste bescheidene Erfolg. Sascha fand einen Job als Kellner, allerdings ohne Arbeitserlaubnis, also schwarz, aber er verdiente nun wenigstens etwas Geld. Er hatte keine Erfahrung in diesem Bereich. Aber er eignete sich das schnell an. Das war für die gemeinsame Kasse eine Erleichterung, besonders aber für seine Psyche.

Während mein Sohn sich in Boston eine Existenz aufzubauen versuchte, Deutschland und auch die Familie für ihn sehr weit entfernt waren, ging bei uns das Leben mit weiteren Schicksalsschlägen weiter.

Anjas Mutter verstarb unerwartet im September, während wir uns gerade im Urlaub befanden. Wir packten sofort unsere Koffer und kehrten nach Hause zurück. Obwohl ihr Gesundheitszustand sehr ernst war und wir immer mit dem Schlimmsten rechnen mussten, traf uns ihr Tod tief. Wir konnten uns von ihr noch verabschieden. Sie lag dort ganz friedlich und entspannt, mit einem Hauch eines verschmitzten Lächelns. Die Beerdigung fand zwei Wochen später auf dem Kleinmachnower Waldfriedhof statt und wurde von einer großen Trauergemeinde, ihrer Familie und Freunden begleitet. Nur meine Familie fehlte bei dieser Gelegenheit.

Aufgrund ihrer Krankheit und ihrer psychischen Probleme wurde meine Schwester in diesem Jahr berentet. Nach der Wende wurde ihr in ihrem Berufsleben sehr übel mitgespielt. Sie war immer eine Verkäuferin mit Leib und Seele, die Arbeit bereitete ihr immer große Freude. Für diese neue

Arbeitswelt war sie zu gutmütig, zu gutgläubig und vor allem zu ehrlich. Nicht jeder mochte ihre Offenheit. Sie wurde ausgebeutet, man bezahlte sie miserabel und schließlich bekam sie die Kündigung. Das alles hatte ihr psychisch zugesetzt, sodass sie nicht mehr arbeiten konnte.

Sascha, mein Möchtegern-Amerikaner und Jason haben nun häufiger kurze Besuche in Deutschland gemacht. Es gab immer noch Behördengänge, die erledigt werden mussten. Jason finanzierte die Flüge, da er in Boston ein gutes Einkommen hatte. Sascha benötigte seine Medikamente und wollte jetzt ein Visum für die USA beantragen. Bisher hat es mit einer Arbeitserlaubnis nicht so geklappt, wie Sie es sich vorgestellt hatten. Deshalb haben sie jetzt einen Plan B ins Spiel gebracht. Sascha wollte ein Studium in den Vereinigten Staaten beginnen. Egal, welches, Hauptsache er gewann Zeit und konnte sich dort niederlassen. Es ging darum, dass er durch ein Studium für drei Jahre eine Aufenthaltsgenehmigung erhält. Ich bin abermals nicht begeistert von dieser Idee. Es ist doch schon wieder eine Luftnummer, wagemutig und sehr naiv dazu. Er war indessen immerhin siebenunddreißig Jahre alt. Natürlich hielt ich mich mit meiner Meinung zurück. Es war ihm ohnehin nicht wichtig, sie zu hören. Es brodelte jedoch in meinem Inneren. Was machte er da nur?

War alles von ihm richtig und bis ins Letzte geplant? Ich hatte Zweifel daran.
Die amerikanische Botschaft in Berlin verlangte eine notariell beglaubigte Bürgschaft in Höhe von 10.000 € sowie eine Übersetzung ins Englische. In dieser Situation spielte ich erneut eine Rolle und organisierte selbstverständlich alle erforderlichen Unterlagen bei einem Notar und bürgte für den Betrag. Nun war ich diejenige, die unbedarft handelte und nicht darüber nachdachte, welche Verantwortung die Bürgschaft mit sich brachte. Ich vertraute Sascha bedingungslos. Es gab nichts, was ich nicht getan hätte, um meinen Sohn zu unterstützen, auch wenn ich Bedenken hatte. Solange er glücklich war, war ich es auch.
In diesem Jahr blieben beide Männer sogar über Weihnachten und für eine kurze Zeit waren wir wieder eine kleine Familie. Der Weihnachtsabend war nur für uns. Am Anfang des neuen Jahres musste Jason alleine nach Boston zurückkehren. Seine Arbeit verlangte dies von ihm. Sascha blieb wegen diverser notwendiger Unterlagen und des beantragten Visums für insgesamt sechs Monate in Deutschland. Ich genoss die Zeit, in der ich ihn wieder ganz alleine hatte. Denn sobald Jason in seiner Nähe war, hatte mein Sohn nur Augen für ihn. Er musterte seine Mimik und behandelte ihn wie ein rohes Ei. Liebe ist etwas Wunderbares, doch das war schon sehr ungewöhnlich.
Es gab noch einige Dinge, die während seiner Anwesenheit in Deutschland erledigt werden

mussten. Soweit es mir möglich war, unterstützte ich ihn dabei und fuhr ihn mit dem Auto durch die halbe Stadt. Wir haben uns hervorragend verstanden. Während seines Aufenthaltes waren alle meine Sorgen vollkommen vergessen. Dann kam der Tag, an dem sein Wunsch wahr wurde. Er wollte in die amerikanische Botschaft, um das beantragte Visum abzuholen. Er fühlte sich unsicher und angespannt; er befürchtete, dass sein Visum aus irgendwelchen Gründen verweigert werden könnte. Ich habe ihn erneut auf diesem Weg begleitet. Er wirkte zittrig und nervös, als er aus dem Auto stieg und zur Botschaft lief. Währenddessen wartete ich im Auto. Dann war es endlich geschafft. Mit strahlenden Augen hielt er sein Visum, den Schlüssel zu den Vereinigten Staaten, in der Hand. Obwohl noch bleich, spürte man die Erleichterung, die er empfand. Ein tiefer Seufzer, Tränen in seinen Augen. Er konnte seine Emotionen nicht zurückhalten, und so weinten wir beide vor Glück und Erleichterung. Die Anspannungen der letzten Tage fielen von uns ab. Ein paar Tage später startete er mit großem Optimismus und Enthusiasmus in Richtung Boston. Mir war nicht bewusst, dass dies die letzten vertrauten Momente mit meinem Sohn sein würden.

Im Januar 2008 begann er sein Studium in Boston. Wie erwähnt, ließen die neuen Probleme nicht lange auf sich warten. Die finanziellen

Schwierigkeiten blieben bestehen, da seine beiden Kellnerjobs nicht genug einbrachten. Bislang konnte er nicht ausreichend zum Lebensunterhalt und zur Miete beitragen. Sie waren inzwischen in eine größere Wohnung mit entsprechend höherer Miete umgezogen. Alles war für mich unverständlich. Was kostet schon die Welt, wenn allein das Studium bereits so viel Geld erforderte ... dies belastete nicht nur ihn, sondern auch seine Beziehung, und mich ebenfalls.

Unsere Skype-Gespräche und seine E-Mails wurden immer seltener. Der Hauptgrund dafür war wohl der große Zeitunterschied, sein Studium und die beiden Jobs in verschiedenen Restaurants. Zu jener Zeit glaubte ich zumindest noch daran. Vielleicht versuchte er, unangenehmen Fragen aus dem Weg zu gehen. Die knappen Minuten, die mein Sohn nun am Computer mit mir teilte, beunruhigten mich mehr, als sie mich beruhigten. Er war ständig müde, gereizt und schien oft abwesend zu sein. Wie jede besorgte Mutter war ich blind und taub für die offensichtlichen Signale. Ich war fest davon überzeugt, dass sein angeschlagener Zustand ausschließlich dem stressigen Studium und den Jobs zuzuschreiben war. Er schien auch körperlich stark belastet zu sein. Ich fragte mich, ob seine HIV-Infektion ein Faktor war, ob er ausreichend Medikamente hatte und ob er sie regelmäßig einnahm. Es brach mir jedes Mal das Herz, ihn in diesem Zustand auf dem Bildschirm zu sehen. Meine Gedanken kreisten unaufhörlich um ihn.

Im März, zu meinem sechzigsten Geburtstag, machten Anja und ich uns für ein paar Tage auf den Weg nach Boston. Die Jungs hatten uns bereits mehrfach eingeladen und nun war es uns ein Anliegen, dies nicht länger zu verzögern. Ich war sehr erfreut, war jedoch in meinen Gefühlen gespalten, da ich von den zeitweiligen Disharmonien zwischen den beiden wusste und zumindest einige Probleme und auch die angespannte finanzielle Situation der beiden kannte. Insbesondere die meines Sohnes. Ohnehin ist mir gewiss nur ein Teil seiner Erzählungen bekannt. Trotz meiner Zweifel wurde es eine unvergessliche und harmonische Woche für uns. Sascha kam zum Flughafen und brachte uns mit dem Taxi in ihre Wohnung. Wir wurden gut aufgenommen und verwöhnt. Beide arbeiteten oder studierten, aber sie hatten noch Zeit, uns die Stadt zu zeigen. Mein Sohn musste leider an meinem Geburtstag arbeiten. Angesichts dessen lud er Anja und uns zu einem Geburtstagsfrühstück in sein Café ein. An diesem Ort erwartete mich dann eine wahrhaftige Überraschung. Das gesamte Team gratulierte mir mit einer wunderschönen, von Kalorien nur so strotzenden Torte. Ich war fassungslos, glücklich und gerührt. Mit einem solchen Empfang hätte ich niemals gerechnet. Mir schossen erneut Tränen in die Augen, dieses Mal jedoch vor Freude und Glück.

Seit er erwachsen war, hat mir mein Sohn noch nie eine derartige Aufmerksamkeit zukommen lassen. Ich war sehr stolz auf ihn. Die Woche war rasant vorbei. Wir haben uns sehr wohlgefühlt. Im Umgang miteinander hinterließen sie bei uns einen guten Eindruck, sie wirkten harmonisch. Ich fühlte mich richtig erleichtert. Vielleicht habe ich mir zu viele Sorgen gemacht, zu viel nachgedacht, zu viel Angst gehabt. Wir kehrten glücklich, erleichtert und mit unvergesslichen Eindrücken nach Hause zurück.

Zum dritten Mal besuchten wir die Toskana im Mai. Dieses Mal war Sabrina und ihr Mann Harald dabei. Wir verbrachten einen erholsamen und erlebnisreichen Urlaub miteinander. Anja genoss diese Auszeit sehr, da sie seit einiger Zeit psychische Probleme hatte. Die negativen Erfahrungen, die sie mit ihren diversen unbefriedigenden Jobs gemacht hatten, hatten ihre Spuren hinterlassen. Diese Unsicherheit in die Zukunft rieb sie innerlich auf. Ich habe immer wieder versucht, ihr Hoffnung zu machen. Aber es wurde immer schwerer. In dieser Phase der Enttäuschung und Enttäuschung kam dann doch noch ein Lichtblick. Anja wurde von ihrem gegenwärtigen Arbeitgeber in ein festes

Arbeitsverhältnis übernommen. Die Freude war für sie, für uns alle überwältigend. Ihre Arbeit und Ihr Einsatz wurden endlich anerkannt und gewürdigt.

Die Zeit verging rasch. Mein Sohn hat nun bereits drei lange Jahre in den USA gelebt, gearbeitet und studiert – in einem Fach, das in Deutschland nie anerkannt würde. Das war ihm natürlich bewusst, doch er verschwendete keinen Gedanken daran. Die Sehnsucht nach meinem geliebten Sohn war sehr stark. Ich vermisste unsere Gespräche, unsere geteilte Musik und die Zeit miteinander. Konnte es sein, dass ich dies noch einmal erleben würde? Jason und Sascha kämpften mit finanziellen Schwierigkeiten und ihrer HIV-Infektion, die sie besonders anfällig für Krankheiten machte. Es kam häufig vor, dass sie abwechselnd mit unterschiedlichen Diagnosen im Krankenhaus behandelt wurden. Alles musste privat finanziert werden, da es in den USA keine allgemeine Krankenversicherung wie in Deutschland gab. Wenn man genug Geld hatte, konnte man sich privat versichern, was jedoch bei den beiden nicht der Fall war. Zudem verschlechterte sich das Verhältnis zwischen Jason und Sascha zunehmend. Die Altersunterschiede machten sich bemerkbar. Jason war jung, hatte einen guten Job und viel Freizeit, interessierte sich für Unterhaltungen und liebte Partys. Im Gegensatz dazu war Sascha etwas älter, arbeitete nebenbei und studierte noch. Beides beanspruchte ihn stark und ließ ihm wenig Zeit für gesellige Aktivitäten. Seine Sorge um die Zukunft nahm zu, da sein Studium bald enden würde und er noch keine Lösung für die Zeit danach gefunden hatte. Diese Unsicherheit belastete ihn stark.

Im Januar 2010 feierten mein Vater und seine Frau ihre Goldene Hochzeit, jedoch war aus gesundheitlichen Gründen keine Feier möglich. Mein Vater hatte einen Schlaganfall erlitten und sich bisher nicht erholt, wirkte teilnahmslos. Trotzdem ließen es sich meine beiden Brüder und ich nicht nehmen, persönlich zu gratulieren. Obwohl beide meiner Brüder verheiratet waren und bereits erwachsene Kinder hatten, waren diese praktisch nie bei den Großeltern zu finden. Ich denke, diese Tatsache spricht Bände über unsere Familie und unseren Zusammenhalt zueinander.

Seit meinem Wegzug aus Berlin hatte ich keinen Kontakt mehr mit Dieter, dem Vater meines Sohnes. Wir hatten uns aus den Augen verloren. Er zeigte kein Interesse an seinem Sohn und seinem Lebenslauf. Wie ich wusste, hatte er geheiratet und lebte mit seiner Frau in Berlin-Marzahn. Ich war umso überraschter, als er nach

fast vierzig Jahren über Umwege an mich herantrat und mit seinem Sohn Kontakt aufnehmen wollte. Er wusste, dass Sascha in den Vereinigten Staaten lebte. Die Anwandlung väterlicher Gefühle erschien unerwartet und spät, für meinen Begriff sogar zu spät. Ich wäre aber froh, wenn sich Vater und Sohn ein wenig näher kommen würden. Doch mein Sohn spielte nicht mit. Er war ebenso überrascht wie ich, als ich ihm den Wunsch seines Vaters mitteilte, doch er lehnte den Kontakt strikt ab. Er war vierzig Jahre lang ohne ihn ausgekommen und hat ihn laut seiner Aussage nie vermisst. Der Annäherungsversuch zwischen Vater und Sohn war fehlgeschlagen. Meine Fürsprache und Überredungsversuche wurden nicht angenommen, im Gegenteil, sie machten ihn nur wütend. Er wollte nicht, also basta!
Es hätte mich gefreut, wenn Sie sich näher gekommen wären. Dieter und auch ich haben seine Entscheidung zwar nicht ganz verstanden, dennoch blieb uns nichts anderes übrig, als sie zu akzeptieren.

Mein Kontakt zu Sascha wurde zunehmend weniger. Er war verändert, wenn wir miteinander sprachen, er zeigte wenig Interesse an seiner kleinen Familie hier in Deutschland. Gibt es Probleme oder Sorgen, von denen ich keine Kenntnis hatte oder erfahren sollte? Sind es die

Stressfaktoren oder die permanenten Existenzsorgen? Es gibt keine schlüssige Erklärung für seine auffällige Wesensänderung. Hätte ich nicht immer wieder versucht, den Kontakt zu ihm aufrecht zu halten, hätte ich wahrscheinlich gar nichts mehr von ihm gehört. Wir schienen ihn nicht mehr zu interessieren. Es war schon sehr seltsam, was dort in Amerika ablief und für mich ein Grund mehr, mir weiter Sorgen zu machen. Seine Veränderung war enorm, man konnte sie nicht übersehen.

Einige Monate später kehrten Sascha und Jason erneut nach Deutschland zurück. Nicht etwa, um uns oder der gesamten Familie einen Besuch abzustatten. Nein, sie hatten vor, ihren Urlaub in Italien zu verbringen, lediglich einen Zwischenstopp in Berlin zu machen. Ich freue mich auf den kurzen Besuch sehr. Hauptsache war, dass ich ihn wiedersehen konnte, ihn umarmen und fühlen konnte.

Wie immer, wenn sie nach Deutschland kamen, holte ich sie vom Flughafen freudig ab. Bei diesen beiden Herren war allerdings keine Freude zu spüren. War es der lange Flug, das schlechte Wetter oder hatten sie gerade Streit? Von Weitem sah ich den beiden schon ihre äußerst angespannte Stimmung an. Mein Sohn wirkte elend und nicht gerade gesund. Vor Schreck konnte ich kein Wort herausbringen. Kaum, dass sie mich so nebenher begrüßt hatten, gifteten die beiden Männer sich nun in meinem Beisein weiter an. Ein Glück für mich, dass sie auf Englisch sprachen; so blieb mir der größte Teil ihrer Diskussion zumindest inhaltlich verborgen. Sie dachten nicht daran, ihren Streit in meiner Gegenwart, sei es nur aus Höflichkeit, zu pausieren, geschweige denn, ihn zu beenden. Abgesehen von dieser hässlichen Streiterei wirkte Sascha auf mich sehr niedergeschlagen und genervt. In den vergangenen Jahren machte er immer einen müden, abgespannten und kranken Eindruck auf mich. Seine Augen lagen tief in den Höhlen und die Wangenknochen standen hervor. Und diese müden, tief liegenden Augen waren wie gewohnt nur auf Jason fixiert. Beide schienen mich gar nicht wahrzunehmen, ich war für sie lediglich der Fahrer, der sie von A nach B bringen würde. Einige meiner Fragen wurden kurz und mürrisch beantwortet. Endlich am Ziel, dem Hotel am Ostbahnhof eingetroffen, setzte ich die beiden nach der frustrierenden Fahrt erleichtert ab. Ich fühlte einen Kloß im Hals, verabschiedete mich von den Streithähnen und kehrte enttäuscht nach Hause zurück.

Jetzt hoffte ich auf eine bessere Stimmung für den nächsten Tag. Dann sollte der Jetlag überwunden sein, sie werden ausgeschlafen und wieder vernünftig sein. Dachte ich. Wir vier trafen uns also an der Oberbaumbrücke, um einen Kaffee zu trinken. Sie hatten für uns nur wenig Zeit vorgesehen. Ich muss zugeben, dass ich noch immer sehr angeknackst und enttäuscht vom Erlebnis des Vortages war und daher auch etwas distanzierter war. Mein Sohn schien es nicht zu bemerken oder es war ihm vollkommen gleichgültig. Die Stimmung zwischen Sascha und Jason war noch immer gereizt, was sich natürlich auch auf uns übertrug. Wir bemühten uns, ein vernünftiges Gespräch in Gang zu bringen, was aber nicht wirklich gelang. Die beiden erwachsenen Männer saßen auf ihren Stühlen und pöbelten einander an. Ich war entsetzt über ihr niveauloses Verhalten. Besonders über das meines Sohnes. Am Ende des Treffens trennten wir uns voneinander wie Fremde. Sascha und Jason machten sich einige Tage später auf den Weg nach Italien. Für uns gab es kein Wort mehr, keine Entschuldigung oder Erklärung. Sie meldeten sich erst wieder, als sie in Boston waren. Ich war entsetzt über den Auftritt. Das Verhalten, insbesondere das meines Sohnes, war mehr als peinlich. Es scheint, als habe er in Amerika Anstand, Benehmen und Respekt verloren. Ist es wirklich mein Sohn, den ich kannte und liebte? Nein, das war er nicht. Was hat ihn aber so negativ verändert? Die Trauer und Hilflosigkeit kehrten zurück.

Nach dem Schlaganfall ging es meinem Vater immer schlechter. Er konnte sich nicht erholen, kam wieder ins Krankenhaus und wurde dann in ein Pflegeheim verlegt. Seine Ehefrau war nicht mehr in der Lage, ihn zu Hause zu versorgen. In diesem Heim habe ich ihn zum letzten Mal gesehen. Später, als ich mich wegen meiner Rückenprobleme in einer Reha-Maßnahme befand, erfuhr ich, dass mein Vater gestorben war. Ich war erschrocken. Wir hatten angenommen, dass er sich bald wieder erholen würde. Es tat mir leid für seine Frau. Er würde bei mir aber keine großen Lücken hinterlassen. Wie auch, weder bei mir noch bei meinem Bruder war er je Vater gewesen.

Meine Mutter wurde schon kurz nach der Hochzeit von ihm betrogen. Später hat er sie mit uns Kindern alleine gelassen. Zu keiner Zeit hatte er Interesse an seinen Kindern und stand niemals zu uns. Wie bereits in seiner ersten Ehe als Ehemann und Vater versagte er auch in seiner späteren Rolle als Großvater bei allen seinen Enkeln. Und ich meine tatsächlich alle Enkel, nicht nur meinen Sohn. Es gab keinen herzlichen und familiären Kontakt.

Ich empfand keine Trauer. Die Beisetzung fand anonym im Kreis seiner Familie auf dem Georgenfriedhof in Stadtbezirk Friedrichshain statt. Seine Frau war stark und konnte den Verlust besser verarbeiten, als ich erwartet hatte. Durch die Pflege meines Vaters war sie jetzt selbst gesundheitlich angeschlagen. Sie benötigte ihre Zeit, um sich zu erholen und den Umgang mit Einsamkeit zu erlernen.

Meine Gedanken kreisten nur noch um meinen Sohn. Trotz meiner Bemühungen ließen mich die Sorgen um ihn nicht zur Ruhe kommen. Es war offensichtlich, dass er sich nicht wohlfühlte, hauptsächlich seine spürbare charakterliche Veränderung war auffallend. Was war in Boston los und was hatte ihn so verändert? Ich hatte keine Vorstellung davon, da er sich in Schweigen hüllte. Sein Studium endete im Dezember, jedoch wusste er bislang nicht, wie es für ihn in diesem Land weitergehen würde. Die Möglichkeit einer Verlängerung seines Visums oder einer Arbeitserlaubnis tendierte gegen null. Die einzige realistische Option war die Rückkehr nach Deutschland. Sascha war sich dessen bewusst, und ich war überzeugt, dass genau das ihm große

Angst bereitete. Es tat mir leid, dass all seine großen Pläne in Vergessenheit gerieten. Hier in Deutschland hat er alles aufgegeben. Er dachte, er kann ein Leben zusammen mit Jason führen. Amerika, das Paradies der Möglichkeiten ... Seine Bemühungen waren kläglich gescheitert. Die Jahre dort waren verschenkte Zeit. Ich hatte es vorausgesehen. Wenn er zurückkommt und danach sah es ja aus, würde er hier vor dem Nichts stehen. Ein beängstigender Gedanke, nicht nur für ihn, sondern auch für mich. Inzwischen war er vierzig Jahre alt. Ich bemühte mich, mich zu beruhigen. Er würde schließlich nicht alleine sein.

Er hatte uns, seine Familie, wenn auch nur eine kleine. Es gab einige gute Freundschaften. Wir würden ihm mit Rat und Tat zur Seite stehen, um ihm die Rückkehr so angenehm wie möglich zu gestalten.

Die Entscheidung fiel im Dezember. Es gab keine andere Möglichkeit mehr, als nach Deutschland zu kommen. Dieser Entschluss muss ihn sehr getroffen haben. Wenn wir uns die letzten Tage am Bildschirm sahen, war er oft in Tränen aufgelöst und mit den Nerven am Ende. Es bereitete mir Schmerzen, wenn ich ihn so zerrissen und hilflos sah. Ich hätte ihm diesen

Schmerz so gerne erspart. Ab jetzt hatte ich keinen vernünftigen Zugang mehr zu ihm. Er zog sich zurück. Ein vernünftiges Gespräch war nicht mehr möglich. Er blockte sofort ab und reagierte auf jedes noch so gut gemeinte Wort mit einer aggressiven und beleidigenden Reaktion. Ich bemühte mich stets, ihn zu verstehen und versuchte, mich in seine Lage zu versetzen. Aber ich war jetzt an meine Grenzen gekommen. Ich habe ihn nicht mehr erreichen können. Bevor ich aufgeben musste, habe ich noch einen letzten Versuch gemacht. Es gibt in Berlin einen langjährigen Freund von Sascha. Er ist Krankenpfleger und hat ihn lange in Deutschland betreut. Ich hoffte auf ihn und wollte ihn um Hilfe und Unterstützung bitten. Er war im selben Alter wie Sascha und hatte einen besseren Draht zu ihm als ich aktuell. Er war sofort bereit, sich mit ihm in Verbindung zu setzen, um herauszufinden, was er erreichen kann. Es gelang ihm schließlich, eine kleine Wohnung für Sascha zu finden. Sie war kein Palast, aber er würde erst einmal wieder ein Zuhause finden. Anja und ich kümmerten uns um das Behördliche, den Mietvertrag und die Ablösesumme für die in der Wohnung verbleibende Einrichtung und besorgten noch dies und das für seinen Haushalt. Schließlich konnten wir alle stolz und zufrieden auf unser Erreichtes sein. Gemeinsam haben wir viel geschafft. Sascha wurde mit offenen Armen erwartet, und er hatte eine Bleibe. Und dann kam der denkwürdige Tag. Zwei Tage vor dem Heiligen Abend des Jahres 2010, vier Jahre nach seiner Ausreise, erwartete ich ihn mit klopfenden Herzen am Flughafen. Ich war gut gerüstet und vorbereitet. Als er damals ausreiste, zeigte er sich strahlend, euphorisch und voller Illusionen. Zurück kehrte eine müde, traurige Gestalt. Ich konnte seinen Anblick kaum ertragen. Nicht nur seine Beziehung war gescheitert, sondern auch seine Hoffnung, in Amerika zu leben. Es muss düster und unübersichtlich in seinem Kopf ausgesehen haben. Ich hätte ihn gerne in den Arm genommen und ihm Mut zugesprochen. Aber ich wagte es nicht. Nicht in diesem Moment, in dieser Situation. Wir sind uns in den vergangenen Jahren, insbesondere aber im letzten Jahr, fremd geworden. Er zeigte sich unnahbar und distanzierte sich. Dadurch war die Kommunikation mit ihm sehr eingeschränkt und verkrampft. Ich hatte ständig Angst, etwas Unangebrachtes zu sagen oder zu tun. Ein vernünftiges Gespräch war zu diesem Zeitpunkt nicht zu erwarten. Jeder, der mit ihm zu tun hatte, behandelte ihn äußerst rücksichtsvoll. Ein unpassendes Wort, ein unpassender Blick und er rastete aus.

Das Jahr 2011 begann frühlingshaft mit +8 Grad Celsius. Die gesundheitliche Verfassung meines Sohnes verbesserte sich allmählich. Er war charakterlich völlig verändert, war nicht mehr derselbe. Ich habe es in vielen Situationen erlebt. Was jedoch mit ihm geschehen war, was ihn so verändert hatte, blieb für uns alle weiterhin ein Rätsel. Er hat sich nicht geäußert. Wahrscheinlich war ihm diese Veränderung selbst nicht bewusst. Nach seiner Ankunft in Deutschland wohnte er einige Zeit in Berlin bei einem Freund. Das war sein Wunsch. Nachdem er sich etwas stabilisiert hatte, begannen wir mit Unterstützung einiger Freunde, seine Wohnung vorzubereiten. Es schien, als würde es langsam und in kleinen Schritten, voranschreiten. Dies war eine Erleichterung für alle Beteiligten. Bereits im Januar wurde seine Wohnung eingeweiht. Nach langer Zeit war es für unsere kleine Familie wieder einmal eine Gelegenheit, zusammen zu sein. Er konnte stolz sein, was wir alle gemeinsam in kurzer Zeit aus dieser Wohnung gezaubert haben. Wir waren sehr zufrieden. Er hatte endlich wieder ein Zuhause und konnte sich auf sich selbst konzentrieren und sich wohlfühlen. Alles Weitere würde sich im Laufe der Zeit ergeben, seine

Wunden würden heilen. Ich sah alles sehr positiv und freute mich wahnsinnig für ihn.

Zwei Monate später war schon wieder mal mein Geburtstag. Ich bin normalerweise kein Freund von solchen Feierlichkeiten. Besonders, wenn es sich um meine Person handelt. Dieses Mal war das anders. Ich wollte diesen Tag als Gelegenheit nutzen, meinen Sohn noch einmal in der Familie und mit Freunden willkommen zu heißen. Er sollte sich wohlfühlen, und verstehen, dass niemand ihn verurteilt. Meine Familie, unsere Freunde und auch ein alter Freund von Sascha wurden eingeladen. Nur mein Neffe Adrian, der seit langer Zeit in der Schweiz lebt und arbeitet, konnte nicht anwesend sein. An diesem Tag, obwohl mein Geburtstag, war nur mein Sohn der Mittelpunkt und Ehrengast. Ich hatte den Eindruck, dass er sich sogar wohlfühlte. Für mich war es ein gelungener und fantastischer Tag.

Saschas Stimmungsschwankungen blieben uns jedoch weiterhin erhalten, was schon etwas beunruhigend wirkte. Sie kamen unerwartet und ohne jegliche Vorwarnung oder Vorkommnis und richteten sich seltsamerweise immer häufiger gegen mich. Er konnte bei vollkommen harmlosen kleinen Dingen aggressiv und verletzend werden. Dann wieder war er plötzlich energielos, depressiv und hatte Weinkrämpfe.

In dieser Zeit zog er sich oft zurück und reagierte tagelang, manchmal auch wochenlang nicht. Selbst seine Freunde, die sich um ihn bemühten,

wurden abgewiesen. Sein Handy blieb aus und seine Tür wurde nicht geöffnet. Er war nicht zu erreichen, für niemanden. Sein Verhalten machte mir große Angst.
Als Sascha etwas kränkelte, nutzte ich die Gunst der Stunde und fuhr nach meiner Arbeitszeit zu ihm. Ich war erleichtert, dass ich die „Erlaubnis" von ihm erhielt, ihn kurz zu bemuttern. Ich hoffte, dass wir endlich wieder in vertrauter Atmosphäre miteinander reden können.
Das habe ich so lange vermisst. Und tatsächlich stellte sich bald ein kleines bisschen Intimität und Vertrautheit ein. Ein wunderbares und lange vermisstes Gefühl. Dieser besonderen Stimmung ist es zu verdanken, dass mein Sohn die Worte leichter über die Lippen bekam.
Fassungslos hörte ich ihm zu.
Es war ein Schock für mich, als er gestand, regelmäßig Drogen in Amerika konsumiert zu haben, insbesondere Crystal Meth. Dieser Drogenmissbrauch war unter anderem ein entscheidender Grund für seine Rückkehr nach Deutschland. Noch einmal erlebte ich diesen Moment, in dem die Welt stillzustehen scheint. War ich wirklich so naiv gewesen? Ich hatte ihm vertraut und war fest davon überzeugt gewesen, dass das Thema Drogen für ihn längst abgeschlossen war. Bisher hatte ich keine Kenntnis von Crystal Meth oder seiner zerstörerischen Wirkung. Crystal Meth war eine neue Droge, die Menschen schwer krank machte

und schnell abhängig werden ließ. Plötzlich wurde mir klar, warum sich sein Verhalten so drastisch verändert hatte. Seine Stimmungsschwankungen, sein Desinteresse und seine teilweise Gefühlskälte – alles ergab auf einmal Sinn. Wieder geriet mein Inneres in Aufruhr. Warum hörte es nie auf? Immer diese Ängste, diese Sorgen. Die Gefühle der Enttäuschung, Angst und Wut wechselten sich in mir ab. Ich war tief enttäuscht, ängstlich und zugleich wütend. Die Täuschung und das Vorspielen eines falschen Bildes in den USA verstärkte meine Gefühle der Wut. Er hatte mich glauben lassen, dass seine Beziehung, sein Studium und seine Jobs die Auslöser für seine Probleme waren, während er mein volles Vertrauen schamlos missbrauchte. Ich war krank vor Sorge, wenn ich den müden und abgemagerten Zustand auf dem Bildschirm sah. Aus dieser Vermutung heraus hatten wir ihm gelegentlich Geld überwiesen, wodurch ich mich stark verschuldet hatte. Es machte mich regelrecht krank, wenn ich daran dachte, dass das Geld, das wir überwiesen hatten, zur Drogenbeschaffung genutzt worden sein könnte. Indirekt hatte ich seinen Konsum noch unterstützt. Es dauerte lange, bis ich diese Tatsache verarbeiten konnte.
Mein Sohn nahm oder nimmt Drogen.
Das Land und Jason, der angeblich großen Liebe, waren ihm zum Verhängnis geworden. Nein, ich möchte nicht seine Schuld herunterspielen. Er

war ein erwachsener Mann und sollte wissen, was er tat. Jason hat ihn an diese Drogen herangeführt, das ist nun mal Fakt. Ich hatte vor vier Jahren schon kein gutes Gefühl mit dieser Ausreise gehabt. Natürlich wollte er dies nicht wahrhaben, sowohl damals als auch heute.

Fragen über Fragen blieben. Wie war seine Abhängigkeit tatsächlich? Er hat bereits vor Jahren betont, dass er niemals abhängig werden würde. Ich hatte das geglaubt.

Immer häufiger hatte ich den Eindruck, dass Sascha uns absichtlich mied. Er zeigte keinerlei Interesse mehr an mir oder dem Rest der Familie. Ich kann mir nicht erklären, warum er sich zurückzog. Trotz allem, was wir von ihm erfahren haben, unterstützen wir ihn. Sollte es einen Grund geben, gab er diesen nicht preis. Möglicherweise fühlte er sich von mir bedrängt, weil ich ihn oft unter Druck gesetzt habe. Dies hatte seine Ursachen. Seit seiner Rückkehr war Sascha sehr depressiv und hatte keinerlei Initiative. Er war noch immer ohne Arbeit und lebte von Sozialhilfe und kümmerte sich nicht ausreichend um einen neuen Einstieg ins Arbeitsleben. Ich fürchtete, dass er abrutschte und dann gar nicht mehr auf die Beine kam. Diese Anzeichen kannte ich sehr gut von meiner Mutter und wusste genau, wo sie hinführen können.

Endlich. Ein Jahr später überraschte er uns mit einer äußerst erfreulichen Mitteilung. Er hatte endlich eine Anstellung gefunden. Wie in früheren Zeiten würde er als Storemanager bei einer bekannten Modefirma arbeiten.

Ich fühlte mich mit allem versöhnt und etwas beruhigt. Möglicherweise war mein Drängeln, meine Kritik doch nicht so verkehrt gewesen. Zugeben würde er das natürlich nie. Zu meiner Überraschung war er nun sogar bereit, sich psychologisch behandeln zu lassen. Ich war darüber sehr erleichtert, nicht ahnend, dass er gerade von einem Psychologen eigenartige und nicht nachvollziehbare Ratschläge bekam.

War nun endlich das Schlimmste überstanden und würde er wieder so werden, wie ich ihn kannte und liebte?

Meine Hoffnungen zerplatzten wie Seifenblasen. Anstatt erneut aufeinander zuzugehen, wurde die Distanz zwischen uns größer, sein Verhalten mir gegenüber unbestimmter und vor allem verletzender. Anja fand auch keine Erklärung für diese Entwicklung, die sich immer ganz besonders gegen mich richtete. Er hat mich herzlos behandelt und mich absichtlich verletzt. Er schien Spaß daran zu haben, mich zu demütigen. Sein Verhalten war sehr ungewöhnlich und befremdlich. Machte er mich verantwortlich für das Scheitern in den USA?

Ich habe es nicht verstanden.

Wieder ein Geburtstag. Anja wurde im Mai sechzig. Seit ihre Mutter verstorben ist, waren die Familienfeiern sehr zurückgegangen. Ihre Mutter war diejenige, die immer dafür gesorgt hat, dass alle Familienmitglieder regelmäßig zusammenkamen und jeder kleine Anlass gefeiert wurde. Ich wusste, dass Anja das sehr vermisste und nur aus Rücksicht zu mir diese alte Tradition nicht mehr weiterführte. Dieser runde Geburtstag aber sollte noch einmal Anlass sein, im großen Familienkreis zu feiern. Die Feier fand in einem Lokal außerhalb von Potsdam statt. Mein Sohn war selbstverständlich herzlich eingeladen. Ich freute mich besonders auf sein Kommen. Doch er lehnte mit fadenscheinigen Erklärungen kurzfristig ab. Er hat keine Lust. Ich reagierte sehr verärgert. Nun war meine Wut groß und ich explodierte. Was bildete er sich eigentlich ein? Das war kein unbedeutender Geburtstag, und er hätte sich aus diesem Grund tatsächlich einmal überwinden können. Wir haben auch nicht immer Hurra geschrien, wenn es um seine Angelegenheiten ging. Wir waren immer zur Stelle. Ich gebe zu, ich war schockiert, empfand das nicht nur als einen Affront gegen Anja, sondern auch gegen mich. Es gab Regeln, die nicht immer angenehm waren, aber dennoch einzuhalten waren. Zumindest hatte ich ihm das beigebracht. Mit dieser Absage zeigte er uns erneut, wie gleichgültig und lästig wir ihn waren. Ich schämte mich für ihn.

Wir lebten in einer Zeit, in der Respekt, Anstand und Rücksichtnahme keine Rolle mehr spielten. Von ihm hatte ich jedoch etwas anderes erwartet. Er war stets etwas Besonderes für mich, davon war nun nichts mehr übrig geblieben.

Ich war wütend und benötigte eine Zeit der Distanz. Nun war ich diejenige, die sich von ihm abwandte. Ich hoffte, ich konnte ihn so zum Nachdenken bringen. Vielleicht sieht er dann mal ein, dass bei ihm etwas nicht stimmt.

Doch eigentlich hätte ich es besser wissen sollen. Monate gingen ins Land, ohne ein Zeichen von ihm, ohne ein erklärendes Wort von ihm. Natürlich auch nicht von mir. Ich kannte seine Art und wusste, dass dieser Zustand sehr lange andauern würde, da es in der Vergangenheit bereits solche Situationen gegeben hat. Sascha wusste, wie er mich mürbe machen konnte, und dass mir dieses Schweigen wehtun würde. Er erwartete wie selbstverständlich, dass ich auf die Knie fallen und um seine Aufmerksamkeit bitten würde. Aber er irrte sich. Das Jahr endete ohne Versöhnung.

Auch im gesamten Jahr 2013 blieb das gestörte Verhältnis zwischen Sascha und mir bestehen. Es herrschte völlige Funkstille. Kein Wort, kein Telefon, keinen Brief. Nicht von ihm, ebenso wenig wie von mir. Weder zu Geburtstagen noch zu besonderen Anlässen. Ein bedrückender, verzehrender Zustand für mich. Wie es schien, machte ihm das alles nichts aus. Ich litt enorm unter diesem Zustand, war aber nicht bereit, ihm dieses Mal auch nur einen Schritt entgegenzukommen. So konnte und durfte er nicht mit mir umgehen. Die Schmerzgrenze war längst überschritten, viel zu oft habe ich mich zurückgehalten, habe mich verletzen lassen, um die Harmonie zu wahren. Möglicherweise ist meine Entscheidung für andere Mütter nicht nachvollziehbar. Als Mutter war man dazu da, alles und jedem nachzugeben. Man erwartet von ihr, dass sie verzeiht, Schmerz aushält und sich demütigen lässt. Hatte er als Sohn die Freiheit, respektlos, unverschämt und egoistisch seiner Mutter gegenüberzutreten? Nein, das denke ich nicht. Sascha lebte nur nach seiner Meinung und in einer anderen Welt, kannte mir gegenüber keine Verpflichtung. Ich hatte es ihm immer leicht gemacht, war immer für ihn da. Er musste sich nie Sorgen oder Gedanken über mich machen. Ich habe immer perfekt funktioniert. Mein Entschluss war, dass ich nicht um seine Gunst betteln werde.

Um den Kopf freizubekommen, unternahmen Anja und ich nun spontan kleine Reisen durch Deutschland. Ich fuhr leidenschaftlich gerne Auto und die Abwechslung hat uns beiden gutgetan. Besonders Anja. Sie hatte es in der letzten Zeit nicht leicht mit mir. Immer und immer drehte sich alles um Sascha. Es belastete mich stark. Ich konnte von jetzt auf gleich in ein tiefes Loch fallen. Demzufolge planten wir im Mai eine private Kurreise an die polnische Ostsee. Wir konnten uns dort verwöhnen lassen und etwas für unsere Gesundheit tun. Danach folgte für Anja eine vierwöchige Reha. Sie klagte über starke Schmerzen an Muskeln und Gelenken. Nach umfangreichen Untersuchungen und Auswertungen wurde bei ihr eine Kollagenose diagnostiziert. Eine Autoimmunerkrankung, bei der man bisher nicht weiß, woher sie kommt und welche Ursachen sie hat.
Vielleicht konnte die Einrichtung helfen, dass sie gesund wird. Ich war nun für drei Wochen allein zu Hause und vertrieb mir das ungewohnte Alleinsein u.a. mit Joggen. An den Wochenenden besuchte ich Anja. Die ganze Woche ohne sie war schrecklich genug. Ich vermisste sie. Die Behandlungen in der Klinik haben ihr gutgetan

und sie fühlte sich entspannter. Wir verbrachten die kurzen Wochenenden des Zusammenseins intensiv und spazierten entlang der Oder und durch die herrlichen Schatten spendenden Wälder.

Schon immer war meine eigene Familie überschaubar, um nicht zu sagen winzig. Im September 2013 sollte sie noch einmal kleiner werden. Meine Schwester und ihr Mann haben ihren langgehegten Traum wahr gemacht. Oder anders ausgedrückt: Mein Schwager hat seinen Traum verwirklicht. Meine Schwester nahm seine Träumereien als ihre an. Sie gingen nach Teneriffa. Sie hatten häufig dort Urlaub gemacht, sich umgesehen und informiert. Meine Schwester ist mittlerweile aus gesundheitlichen Gründen nicht mehr arbeitsfähig und berentet, mein Schwager seit einem Monat im Vorruhestand. Nun, nun wollten sie ihre Zukunft auf der Kanarischen Insel verbringen. Sie haben bereits lange Pläne geschmiedet, aber wir haben nie daran geglaubt und es als Träumerei abgetan. Wir haben uns getäuscht. Ihre Koffer waren bereits verstaut, die Flugtickets waren gebucht. Wir gönnten es ihnen natürlich von Herzen, dennoch kamen uns auch hier wieder Zweifel. Weshalb haben *wir* eigentlich stets Überlegungen angestellt, nie die Betreffenden selbst? Waren wir zu ängstlich, zu vorsichtig? Ihr Vorhaben erschien uns unüberlegt und nicht bis ins Letzte durchdacht. Wie bereits

Jahre vorher bei meinem Sohn. Meine Schwester war krank, nahm Tabletten, war unter ärztlicher Aufsicht. Sie und mein Schwager sprachen kein Spanisch und machten auch keine Anstalten, es zu lernen. Ihr Argument war, dass auf Teneriffa nahezu jeder Mensch Deutsch spricht. Sie haben dort niemanden, sie sind völlig auf sich allein gestellt. Abgesehen von dem Gesundheitszustand meiner Schwester, werden beide älter und benötigen möglicherweise auch Hilfe. Die medizinische Versorgung ist dort gänzlich anders als in Deutschland. Aber so ist das mit Ratschlägen. Die Leute, die es betrifft, wollen das eigentlich nicht hören. Sie gaben also alles auf, die Wohnung, die Möbel, verkauften ihr Hab und Gut und mieteten sich auf Teneriffa eine Unterkunft. Sie lagerten einen Teil ihrer Einrichtung vorübergehend in einem Selfstorage in Berlin. Das alles kam uns verdammt bekannt vor. Hatten wir nicht vor einigen Jahren schon einmal die gleiche Situation? Sollten sich alle Ereignisse wiederholen? Was habe ich für eine verrückte Familie? Wir hielten uns mit Bemerkungen wohlweislich zurück.

Die Umstände mit meinem Sohn haben mich unglücklich und unzufrieden gemacht. Es wechselten sich Gefühle wie Verzweiflung, Angst, Sorge und Sehnsucht ab. Immer wieder Gedankengänge, schlaflose Nächte. Es gelang mir nicht, mich zu entspannen, ich fühlte mich hilflos, zerrissen und leer. Mein Sohn zeigte keine

Einsicht und keinen Versöhnungsversuch. Was sollte ich denn bloß tun? Ich war in Panik. Trotz meines Vorhabens, nicht nachzugeben, begann ich nun doch, einen Brief an ihn zu schreiben. In einem Brief konnte ich meine Wünsche, Enttäuschungen und Gefühle genauer beschreiben. Es handelte sich keineswegs um den ersten Brief, den er von mir erhalten hat. Das Problem war, dass er meine Briefe nicht verstand. Er fühlte sich immer angegriffen und abgekanzelt. Kritik zu hören, sie zu akzeptieren, war nie seine Stärke gewesen. Deswegen betitelte er meine Briefe als Brandbrief. Abgesehen davon, dass ich nicht wusste, was ein Brandbrief ist, war es das Letzte, was ich damit beabsichtigt hatte. Inzwischen war mein Selbstwertgefühl auf einem Tiefpunkt angelangt. Ich fühlte mich unwohl und bezweifelte meine Rolle als Mutter. Was war für ihn von Bedeutung, was hatte er an mir auszusetzen? Was passte ihm nicht? Bedeutete ich ihm überhaupt etwas? Ich bin mir sicher, dass ich Fehler gemacht habe, aber wir hätten darüber sprechen können. Das ist doch die ehrliche und faire Art, miteinander umzugehen? Es dauerte Wochen, bis der Brief an ihn fertiggestellt war und ich ihn auch so versenden konnte. Immer wieder habe ich ihn durchgesehen, ergänzt, Abschnitte verändert und hinzugefügt. Mit der Angst, die falschen Worte zu verwenden, um ihn nicht durch eine unpassende Formulierung zu verletzen. Selbstverständlich war es ein emotionaler Brief, der aber auch Kritik beinhaltete. Er musste sich das anhören, da konnte er nicht einfach den Kopf in den Sand stecken. Ich bin seine Mutter, auch wenn sein Umgang mit mir dies nicht immer erkennen ließ. Würde er den Brief dieses Mal verstehen, darüber nachdenken oder würde er sich wieder nur beleidigt fühlen? Meine Unsicherheit war groß, doch ich hoffte auf sein Verständnis und eine Annäherung. Einige unruhige Tage vergingen, dann hielt ich meinen eigenen Brief wieder in den Händen. Das war nicht überraschend für mich, denn ich hatte damit gerechnet. Zwischen meinen eigenen Worten hatte er hässliche Bemerkungen eingefügt und eigene bissige Worte dazugesetzt. Er wollte nicht verstehen. Er sah die Schuld für unser schlechtes Verhältnis nur bei mir. Mein Gott, wie beschämend das war. Ich war entmutigt und fing an zu kapitulieren.

Für mich begann 2014 wie das alte Jahr. In meinem Kopf drehte sich immer noch alles um Sascha und es bestimmte fortan mein Leben. Anja erlebte nun eine äußerst schwierige Zeit, denn der Umgang mit mir wurde schwieriger. Ich fühlte mich miserabel, schlaflose Nächte machten mich mürbe und ich war antriebslos, niedergeschlagen und traurig. Ich zog mich aus allem zurück. Anja war mein einziger Zufluchtsort. Ich konnte mit ihr sprechen, immer und überall. Sie hat immer zugehört. Sie wollte verstehen. Aber sie war genauso hilflos und ratlos wie ich. Wir haben

keine Erklärungen für das Verhalten meines Sohnes gefunden. Wieder ein Jahr vorbei, erneut mein Geburtstag. Er ist der fünfundsechzigste. Ich wollte diesen Tag nicht zu Hause verbringen, wollte weg, und zwar so weit wie möglich. Wie immer hoffte ich auf ein Zeichen der Versöhnung, doch leider blieb es aus. Es war kaum auszuhalten.
Für eine Woche flogen wir für eine Woche nach Teneriffa. Wir wollten meine Schwester und meinen Schwager in ihrem neuen Zuhause überraschen. Wir verbrachten einige Tage zusammen, um uns mit der Insel vertraut zu machen. Ich versuchte, mich zu entspannen, doch immer wieder kamen dunkle Wolken in meinen Kopf. Es wurde über viele Themen gesprochen, nur nicht über meinen Sohn, nicht über sein Verhalten und nicht über seine Beweggründe. Niemand hat gefragt, wie ich mit dieser Situation klarkomme. Die heikle Angelegenheit wurde von meiner Schwester und meinem Schwager unter den Teppich gekehrt. Dieses Schweigen hat mich fast an den Rand des Wahnsinns gebracht, die depressiven Stimmungen nahmen zu. Ich fühlte mich völlig alleingelassen in der Situation. Niemand in meiner Familie, niemand meiner Freunde war bereit oder in der Lage, mir zu helfen? Sie alle kannten Sascha bereits von Kindheit an. Vielleicht hätte ein Gespräch mit ihm hilfreich sein können. Wo waren sie, als ich sie einmal gebraucht habe? Hilfe sieht anders aus.

Niemand wagte es, sich mit meinem Sohn anzulegen, was sehr ungewöhnlich war. Es herrschte allgemeine Ratlosigkeit und Stille. Alle schienen sich mit dieser Thematik überfordert zu fühlen. Niemand konnte oder wollte sich freiwillig in meine Situation versetzen. Wahrscheinlich hatte ich auch zu viel von ihnen erwartet. Mir setzte das zu, und mein Selbstwertgefühl sank immer mehr. Das große Schweigen und die Ignoranz haben mich zusätzlich verunsichert. Alles fühlte sich nur noch sehr schmerzhaft an. Anja, diejenige, die meinen Sohn am wenigsten kannte, setzte dieser Sprachlosigkeit eines Tages ein Ende.

Sie wandte sich an meinen Sohn und bat ihn um ein Gespräch. Überraschenderweise stimmte er zu. Ich fühlte mich nun fast euphorisch und setzte meine letzte Hoffnung auf sie.

Falls jemand es schaffte, ihn zur Vernunft zu bringen, dann war sie es. Sie konnte überzeugend sprechen und blieb dabei stets sachlich und würde vor allem die Nerven behalten. Das Gegenteil von mir, wenn es um Sascha geht. Allerdings kam alles ganz anders als erwartet. Als sie bei ihm eintraf, verweigerte er ihr sofort den Zutritt in seine Wohnung und bat sie dafür in ein Café gegenüber. Sie zeigte sich verwirrt. Die Begrüßung war zurückhaltend und frostig. Es blieb auch nicht viel Zeit, um das Eis zu schmelzen, da das Treffen schneller vorbei war, als es begann. Als Anja um eine Erklärung seines Verhaltens bat, eskalierte die Situation. Möglicherweise hatte er mit dieser Frage nicht gerechnet, vielleicht fühlte er sich wieder einmal angegriffen. Wir wissen es nicht. Jedenfalls antwortete er nicht, sondern tat genau das, was er seit Jahren praktizierte. Er stand auf und verließ das Café wortlos. Anja schaute ihm hilflos und unsicher hinterher. Wie ich bereits viele Male zuvor war auch sie bei Sascha gescheitert.

Allerdings gab sie sich nicht gleich geschlagen, da sie unter dieser Situation genauso litt wie ich.

Sie meinte, dass jetzt nur noch ein Gespräch zwischen meinem Sohn und mir helfen kann.

Sie ermutigte mich, mit ihm ein Gespräch zu suchen. Es konnte nicht so bleiben, wie es war. Wir waren einmal sehr eng miteinander verbunden. Wo war das geblieben, worin bestand das Problem? Nach langen Überlegungen überzeugte sie mich.

Wieder einmal bat ich um Gnade. Ich wollte das niemals wieder so machen. Diese Situation war für mich eine Demütigung. Wenn ich jedoch etwas erreichen wollte, musste ich mich überwinden und diesen Weg noch einmal einschlagen.

Der alles entscheidende Tag für mich war der 3. April 2014. Ich fuhr nach Berlin und traf ihn um 18:30 Uhr an.
Mein Gott, was war ich nervös.
Zwei Jahre waren vergangen, in denen sich Mutter und Sohn nicht mehr gesehen hatten. Als ich an der Haustür klingelte, versuchte er auch mich von der Wohnung fernzuhalten und das Gespräch wieder in die Öffentlichkeit eines Cafés zu verlegen. Ich habe das abgelehnt. Das, was wir diskutieren wollten, war tatsächlich nicht für fremde Ohren gedacht. Als ich die Wohnung betrat, war die Begrüßung steif und fremd.
Ich versuchte, mit allgemeinen Höflichkeitsfloskeln die angespannte Situation zu überbrücken. Ich war sehr unsicher, zittrig und immer darauf bedacht, keinen Fehler zu machen. Ein unpassendes Wort von mir und er würde dichtmachen. Ich kannte das ja, und Anja hat es erst in jüngster Vergangenheit erfahren. Ich begann vorsichtig, ihm Fragen zu stellen, um eine Erklärung für sein Verhalten zu erhalten. Vergebens. Die Frage war kaum gestellt, als er mich barsch unterbrach.
Er verlangte tatsächlich eine Entschuldigung für meinen letzten Brandbrief, der seiner Meinung nach erneut beleidigend und voller Vorwürfe gegen ihn war. Und ich hätte ihn in diesem Brief dämonisiert. Nun war ich doch etwas verwirrt. Dämonisiert? Was sollte das nun wieder heißen? Ein Blick in seine Augen bestätigte mir sofort,

dass dies alles sehr ernst gemeint war. Ich betrachtete ihn mit fragender Miene. Wofür sollte ich mich bitte entschuldigen? Wir hatten uns zwei Jahre lang nicht gesehen. Ich war es, die wieder auf ihn zugegangen war und um Versöhnung bat. Er war von mir weder beleidigt noch dämonisiert worden. Er aber dachte erneut nur daran, mich zu demütigen. Wenn sich jemand hier entschuldigen müsste, dann wäre es er. Ich war innerlich aufgeregt, versuchte aber ruhig zu bleiben, wie es mir in diesem Moment noch möglich war. Ich kann nicht mehr sagen, ob er meine Ablehnung erwartet oder dass sie ihn überrascht hatte. Es scheint, dass dies der Auslöser war, der dann folgte. Es eskalierte, er explodierte geradezu. Mit hasserfüllten Augen sah er mich an und schrie: »Du bist TOT für mich, TOT!« Er empfindet nichts mehr für mich, und hat nur den Wunsch, mich nie wiederzusehen. Er habe es endlich geschafft, sich aus meinem Bannkreis zu befreien. Er würde alles zerstören, was ihn an mich erinnerte.

Ich hörte seine Worte wohl akustisch, aber ich wollte sie nicht verstehen. Ich war paralysiert und konnte eine gefühlte Ewigkeit nicht reagieren. Mein Kopf war in einem Chaos gefangen. Ist dieser vor Hass geifernde Mensch hier wirklich mein Sohn? Wovon redete er, was für ein Bannkreis war es? Ich sah ihn nur traurig und ungläubig an und hoffte, dass jemand mit dem Finger schnipsen würde, damit ich aus diesem

Albtraum aufwachen würde. Doch das war kein Traum. Niemand schnipste mit dem Finger. Es war tatsächlich mein Sohn, der vor mir stand und mich beschimpfte. Und er war noch immer nicht ganz fertig mit mir. Jetzt forderte er mich auf, meine Wohnung sofort zu verlassen und drohte mir, seiner Mutter, mit der Polizei. Ich war bis jetzt nicht in der Lage, mich zu bewegen, saß da wie erstarrt. Was war mit meinem Sohn geschehen? Das war doch nicht er, der liebe, charmante junge Mann, den ich noch in Erinnerung hatte?

Bis zu diesem Zeitpunkt hatte ich noch keine Anstalten gemacht, seiner Aufforderung nachzukommen. Jedoch brachte ihn das nun in Bewegung. Er öffnete die Wohnungstür weit, nahm meine Tasche und meine Jacke und warf sie in den Flur. In diesem Moment spürte ich plötzlich wieder Leben in mir aufkeimen. Langsam erhob ich mich und ging wie in Trance zur Tür. Ich konnte es kaum fassen, den fremden, geifernden Mann anzusehen, der einmal mein Sohn war. Ich fühlte mich leer und erschöpft, als ich meine Sachen packte und mich dann noch einmal ungläubig zu ihm umdrehte.

Die Tür fiel mit einem lauten Knall ins Schloss. Langsam stieg ich die Treppen hinab, mir war schwindelig, und ich taumelte auf die Straße. Erst im Auto ließ meine Starre nach. Nun musste ich mich nicht mehr zusammenreißen und ließ

meinen Tränen freien Lauf. Was für eine Tragödie!
Wie ich nach Hause gekommen bin, kann ich nicht mehr sagen. Anja bemerkte sofort an meinem Anblick, dass das Gespräch erneut anders verlaufen war, als wir es erwartet hatten. Sie war sprachlos und konnte das Geschehene nicht nachvollziehen. Sie war mit ihrem Latein am Ende. Unsere Unterhaltung zog sich bis spät in die Nacht hin, an Schlaf war nicht zu denken. Dieser Tag markierte die Krönung meiner Verletzung und Demütigung, die ich durch meinen Sohn erfahren habe.
Nach diesem Tag war alles anders als zuvor.

In meinem Kopf hämmerte es unaufhörlich. Mein Sohn hatte mich verstoßen. Der Mensch, den ich über alles liebte und für den ich alles getan hatte, hatte mich zu seinem Feind gemacht. Warum? Ich suchte verzweifelt nach einer Erklärung für sein Verhalten. Hatte er Drogen konsumiert oder waren die Entzugserscheinungen? Das Geschehene erschien mir surreal und fern jeglicher Realität. Ein vollkommen anderer Mensch, kalt und ohne Emotionen, trat mir gegenüber. War dies das Ergebnis von Crystal Meth? Ich hatte schon lange die körperlichen und psychischen Veränderungen, die durch Crystal Meth hervorgerufen werden, bei Sascha beobachtet, aber nicht als solche erkannt. Seine Aggressionen, seine unsteten Gemütszustände, sein Mangel an Empathie und seine enorme Emotionslosigkeit hatte ich oft selbst erlebt. In meinem grenzenlosen Vertrauen zu meinem Sohn hatte ich stets eine plausible Erklärung für alles gefunden. Er hatte vier Jahre lang diese Droge in den USA konsumiert. Vier Jahre! Crystal Meth hatte mittlerweile auch in Deutschland Einzug gehalten. Der Schmerz war kaum zu ertragen, doch ich musste lernen, mit dieser Situation umzugehen.

Im Jahr 2014 bereitete ich mich auf meinen Ruhestand vor. Im März würde ich fünfundsechzig Jahre alt werden und im Juli war mein letzter Arbeitstag geplant. Meine Gefühle waren gemischt. Obwohl ich lange auf diesen Moment gewartet hatte, war die Realität nicht ganz so erfüllend, zumindest nicht für mich. Einerseits war ich erleichtert, dem Arbeitsalltag entkommen zu können, doch andererseits würde mir sicherlich etwas fehlen. Ich hatte einundfünfzig Jahre lang gearbeitet, war selten krank und nie erwerbslos gewesen. Seit der Wende hatte sich die Arbeitswelt stetig verändert, jedoch nicht immer zum Besseren. Westdeutsche Vorgesetzte, die nicht überzeugten, wurden uns Ostdeutschen vorgesetzt, um uns zu zeigen, wie man richtig arbeitet. Vertraute und kompetente Kolleginnen und Kollegen mussten freiwillig oder unfreiwillig gehen, und nicht immer verlief alles harmonisch oder gerecht. Doch nun ließ sich nichts mehr ändern – mein letzter Arbeitstag war endgültig festgelegt. Am 30. Juni 2014 war mein offizieller Ruhestandstag. Mit herzlichen Worten und einem Abschiedsgeschenk wurde ich von meinem Vorgesetzten und langjährigen Kolleginnen und Kollegen in den Ruhestand verabschiedet. Plötzlich überkam mich eine gewisse Wehmut. Und dann begann mein Ruhestand. Es war ein angenehmes Gefühl, wenn man bedachte, dass ich mittlerweile ein recht »hohes« Alter erreicht hatte. Anfangs fühlte es sich an wie ein endloser Urlaub. Ich plante, meine freie Zeit voll auszukosten und all die Dinge zu tun, die ich im Arbeitsleben immer wieder aufgeschoben hatte. Die Herausforderung bestand darin, dass ich diese freie Zeit alleine verbringen musste, da Anja noch etwa ein Jahr Zeit hatte, bevor sie zu mir stieß. Daher widmete ich mich intensiv dem Sport, joggte durch Wälder und Fluren oder ging schwimmen – allesamt Aktivitäten, um nicht untätig zu sein. Trotz meiner Beschäftigungen fand ich jedoch immer wieder Zeit, über mein Leben und meinen verlorenen Sohn nachzudenken. Sein hasserfüllter Blick tauchte immer wieder vor meinem inneren Auge auf.

Obwohl ich äußerlich ruhiger wirkte, fühlte ich mich innerlich leer. Ich litt unter Schuldgefühlen und konnte nachts nicht schlafen. Was hatte ich falsch gemacht? Warum behandelte er mich so herzlos? Ich war immer offen für Gespräche. Gerade bei meinem Sohn war ich immer kompromissbereit. Ich weiß, dass ich keine perfekte Mutter bin, aber sein Verhalten war unangemessen. Ich begann mich zu verschließen, zog mich von Bekannten und Freunden zurück. Innerlich fühlte ich mich abgestumpft und verstand nicht, was mit mir geschah. Freunde und Bekannte waren überfordert mit meiner Situation. Die Interaktion mit mir war für sie eine Herausforderung, da meine Reaktionen unberechenbar waren. Ich vermied künftig Berlin, meine alte Heimat. Die Straßen und Plätze waren voller Erinnerungen, die mich lähmten und mir die Kehle zuschnürten. Die Angst, meinem Sohn an einem dieser Orte zu begegnen, war präsent. Bis heute kann ich keine Fotos von ihm anschauen. Ich erledigte viele Aufgaben mechanisch, ohne Freude daran zu empfinden. Es fühlte sich an, als ob ich ein Monster wäre – in einem eisigen Zustand gefangen, der mich lange Zeit beherrschte. Während das normale Leben in meinem Umfeld weiterging, mit Lachen, Feiern und Freude über Familienerlebnisse, empfand ich das alles als unerträglich.

Im September machten Anja und ich erstmals eine Schiffsreise. Wir waren uns einig, dass es uns ablenken und uns beiden guttun würde. Anja war durch mein herausforderndes Verhalten sehr gestresst. Es war unser Wunsch, weit weg von zu Hause zu sein. Weg von allem Übel. Wir waren beide gespannt und neugierig auf das, was die Schifffahrt uns bringen würde. Meine Gedanken an Sascha waren während meines Urlaubs immer präsent, aber sie hatten nicht mehr die Macht, mich herunterzuziehen. Die Fahrt war wunderschön, die Ausflüge in den einzelnen Ländern waren interessant und lehrreich. Ein wunderbares, unvergessliches Erlebnis. Nach einer Woche kehrte unser Schiff nach Kiel zurück.

Kaum wieder zu Hause angekommen, gingen meine schlaflosen Nächte weiter. Gedanken schossen wild durch meinen Kopf. Ich fühlte mich verloren und alleine, obwohl Anja immer an meiner Seite stand. Von mir selbst unbemerkt, jedoch für andere umso deutlicher, zog ich eine Mauer um mich, die immer höher wurde. Anja war nicht in der Lage, die Mauer zu überwinden. Ich verschloss mich vor ihr, um sie nicht mit meinen Gedanken und meiner Verzweiflung zu belasten. Wie oft hatten wir alle Themen besprochen, immer wieder alles durchleuchtet und gegrübelt. Alles war gesagt und wir hatten keine Worte mehr für das, was geschehen war. Unsere Beziehung geriet in eine Krise. Mein Interesse an körperlicher Nähe und Zärtlichkeit war völlig verschwunden und ich fühlte mich nur noch minderwertig und schmutzig. Ich hatte mich zu einer Außenseiterin entwickelt. Die Frage nach dem Warum ließ mich nicht los. *Warum* war es mir nicht möglich, mit meinem Sohn ein normales Verhältnis zu haben? *Warum* hat er nicht mit mir über Probleme gesprochen? Es gab Momente, an denen ich nur schreien konnte. Meine Mutter kam mir in den Sinn.

Als mein Sohn noch klein war, wurde ich wegen meiner Affenliebe, wie sie es ein wenig bösartig nannte, und meiner Fürsorge für Sascha verspottet.

Sie hat nie verstanden, warum ich ihn behütet und ein besseres Leben für ihn geplant hatte. Ich war mir sicher, sie würde sich jetzt an meiner Niederlage ergötzen.

Das Jahr ist schon wieder fast vorbei. Die Weihnachtszeit kommt immer näher. Für mich ein absoluter Horror. Nur nicht Nachdenken. Also, Kekse backen für uns, meine Neffen und meine Schwester, die Wohnung putzen und Sport treiben. Seit seiner Rückkehr aus den USA ist es das dritte Weihnachten ohne Sascha.

Der Ruhestand ist eine schöne Zeit, aber ich vermisste eine Aufgabe, die mich ablenkte und mich forderte. Die Suche nach einem passenden Minijob begann. Doch es sollte dauern ...

Der Kontakt zu einigen meiner Kolleginnen und Kollegen blieb erfreulicherweise auch nach meinem Ausscheiden aus der Firma bestehen. Wir

trafen uns regelmäßig, unternahmen Ausflüge, sogar gemeinsame Urlaubsreisen. Wenn es um technische Details oder Probleme mit ihren Computern, Handys oder anderen technischen Geräten ging, war ich manchmal der Retter in der Not. Es war mir eine Freude.
Unser Urlaub brachte uns im Mai erneut nach Andalusien. Unsere Freunde sind nun mit von der Partie. Wir hatten so begeistert von Andalusien erzählt, dass Sabrina und Harald sich entschlossen haben, diese Gegend jetzt auch zu erkunden. Die Gegend war wundervoll, das Wetter verlässlich warm und der Himmel immer blau. Das hat meiner Seele und besonders mir gutgetan.

Im November endlich war es auch für Anja so weit, ihr Ruhestand begann. Sie war sehr glücklich, da ihre Krankheit ihre physische und psychische Gesundheit stark beeinträchtigte. Das Ereignis wurde nun gebührend von uns begangen.

Es ist erstaunlich, wie schnell die Zeit vergeht. Wieder stand das Weihnachtsfest vor der Tür, eine Zeit, die ich normalerweise nicht zu Hause verbringen wollte. Die Idee einer Reise kam auf – ich weiß nicht, wer sie zuerst hatte, aber sie kam mir sehr gelegen. Weg von den belastenden Gedanken und Hoffnungen, besonders zu dieser Jahreszeit. Schnell packten wir unsere Taschen und machten uns auf den Weg an die Ostsee. Der Ruhestand hatte definitiv seine Vorzüge. Man konnte jederzeit spontan verreisen. Es war eine Premiere, die Weihnachtsfeiertage an einem anderen Ort zu verbringen. Es wurde eine entspannte Zeit, fernab vom üblichen Weihnachtstrubel.

Im neuen Jahr herrschte kein richtiger Winter. Oft war es trüb, an manchen Tagen wurde es nicht einmal richtig hell. Dieses Wetter hatte eine verheerende Wirkung auf mich und führte zu einem gewaltigen emotionalen Absturz. Anja spürte das sofort und deshalb reisten wir im Februar noch einmal nach Teneriffa. Wir haben ein Hotel in der Nähe vom Wohnort meiner Schwester gebucht. Natürlich überraschten wir die beiden und verbrachten einige schöne Tage miteinander. Wir genossen das angenehme Klima und erkundeten die Insel gemeinsam. Die Zeit verging wie im Fluge und ehe wir uns versahen, befanden wir uns schon wieder im kalten Deutschland. Es bereitete mir Schwierigkeiten, meine Gefühle und Gedanken zu kontrollieren. Angesichts dessen passierten mir auch einige Dinge, die ich einfach nicht mehr steuern konnte. Während dieser Zeit hat Anja einiges mit mir durchgestanden. Aber sie war nicht die Einzige, die mit meinen plötzlichen Veränderungen und Reaktionen überfordert war. Auch für unsere Freunde und Bekannten stellte ich nun ein Problem dar. Sie waren bald nicht mehr in der Lage, mich zu verstehen und

beschrieben mich als eigensinnig und herausfordernd. Sie hatten natürlich recht, ich habe es selbst bemerkt. Meine depressiven Stimmungen häuften sich. Ich war niedergeschlagen, gereizt oder in Gedanken.
Ich wollte Ruhe haben, nicht mehr über meine Situation nachdenken müssen. Das Leben um mich herum verlief natürlich weiter, als wäre alles in Ordnung. Eltern lachten mit ihren Kindern und feierten zusammen. Diese Idylle hat mir jedes Mal einen Stich ins Herz versetzt und war kaum zu ertragen.

Anja schlug erneut vor, psychologische Unterstützung in Anspruch zu nehmen, da die aktuelle Situation nicht länger tragbar war. Sie hatte absolut recht, ich musste etwas unternehmen, sowohl für mich als auch für unsere Beziehung. Nach einigen Überlegungen und aktiver Suche fand ich eine Psychotherapeutin, die sich meiner annahm. Der erste Eindruck war enttäuschend – sie war jung, fast im gleichen Alter wie mein Sohn, aber dennoch machte sie einen sympathischen Eindruck. Ihre Jugendlichkeit ließ mich zunächst skeptisch sein, ob sie mir in der Therapie helfen könnte. Doch wie so oft im Leben kam alles anders als erwartet. Nach einigen Sitzungen fühlte ich mich wohler mit ihr und begann langsam, mich zu öffnen. Der Start war gemacht, und es folgte eine einjährige Therapie. Nicht nur die Therapie allein half mir, meine

Situation zu verstehen und zu bewältigen. Ich fand online eine private Gruppe von Müttern, die Ähnliches durchgemacht hatten und sich wie ich fragten, WARUM. In dieser sozialen Gruppe wurde ich Mitglied. Ich erkannte hier schnell, dass ich mit meinem Schicksal nicht allein bin.

Es gab unzählige Mütter, die ohne jegliche Erklärung, ohne ersichtlichen Grund verlassen wurden und sich diesem Schicksal ebenso hilflos gegenüberstanden und quälten, wie ich. Es tat mir gut, sich austauschen zu können, andere Meinungen und Erfahrungen zu hören. Ich bin dieser Gruppe unendlich dankbar.

Im Juli erreichte uns eine traurige Nachricht. Mein Schwager Raimund wurde plötzlich ins Krankenhaus eingeliefert und die Diagnose lautete Speiseröhrenkrebs, der leider inoperabel war. Es war uns klar, dass es bei dieser Diagnose keine Heilungschancen gab, was besonders tragisch war, da er nur zweiundsechzig Jahre alt war. Bisher hatte meine Sorge immer meiner Schwester und ihrer Gesundheit gegolten. Sie war weiterhin krank. Mein Schwager hingegen war bislang robust und hatte nie ernsthafte Probleme. Doch nun traf ihn dieses Schicksal umso härter. Eine schwierige Zeit begann für ihn und auch für meine Schwester, die unermüdlich an seiner Seite war, ihn pflegte und ihm Mut zusprach.

Seit dem Beginn meiner Therapie habe ich Fortschritte gemacht und insgesamt ging es mir allmählich besser. Vor einigen Monaten hätte ich an solchen Erfolg nicht geglaubt, daher war ich darüber sehr froh. Meine Gedanken kreisten nicht mehr ununterbrochen um Sascha, was mir guttat. Ich empfand mich auch etwas ruhiger und ausgeglichener. Dies war nicht nur für mich, sondern auch für Anja eine große Erleichterung. Schließlich bekam ich auch meinen Minijob. Ich war von August an für vier Jahre als Kurierfahrerin in einem kleinen Transportunternehmen tätig.
Der Job füllte mich aus und machte mir viel Spaß. Mit dieser Entwicklung war ich sehr glücklich.

In diesem Jahr war der Sommer kurz, während der Herbst ungemütlich und grau war. Wir beschlossen, den Sommer zu verlängern und dabei unseren Körpern etwas Gutes zu tun. Wir begaben uns für eine Woche nach Ischia. Es war ein Traum, ein Paradies. Wir waren sehr beeindruckt. Das war gut für die Seele und auch für unseren Körper. Dort stimmte alles, wir fühlten uns wohl wie lange nicht mehr. Obwohl es so schön ist, ist die Zeit leider sehr begrenzt. Die Woche war schnell vorbei und wir saßen wieder im Flieger Richtung Deutschland. Alles Schöne hat einmal ein Ende.

Es gab immer wieder Situationen, die mich bedrückten und mich an meinen Sohn erinnerten. Dies wird wahrscheinlich nie aufhören. Doch mittlerweile habe ich gelernt, mit diesen Herausforderungen besser umzugehen. Es fällt mir wieder leichter, mit anderen über meinen Sohn zu sprechen.

Sascha hat im Januar Geburtstag. Es war der Siebenundvierzigste. Ich dachte an ihn. Aber ich habe es gut überstanden. Ohne Tränen. Ich bin stolz auf mich, weil ich es geschafft habe, Abstand zu gewinnen. Wegen der Erkrankung meines Schwagers gerieten die gesundheitlichen Probleme meiner Schwester in den Hintergrund. Die Pflege und Sorge um Raimund ermöglichten ihr wenig Zeit für ihre eigenen Belange. Wären Sie noch in Deutschland, könnten wir Ihnen helfen, wären an Ihrer Seite. Sie war völlig allein mit dem Problem und hatte kaum Hilfe. Schon vor Jahren hatten wir sie davor gewarnt. Damals war niemand daran interessiert. Im Februar musste sie sich selbst einer dringend notwendigen Operation unterziehen. Nachdem diese überstanden war, ließ sie sich aus dem Krankenhaus entlassen. Ihre eigene Gesundheit war nicht mehr so wichtig. Sie hat einen sehr kranken Mann zu Hause, um den sie sich rund um die Uhr kümmern musste. Wie schon immer half ihr ihre Fähigkeit auch in dieser Situation, unheilvolle Dinge zu verdrängen. Raimund ging es schlecht. Er erhielt

mehrere Chemotherapien. Ohne Erfolg, sein Zustand verschlechterte sich unaufhörlich. In Regina hatte er eine sehr geduldige und einfühlsame Pflegerin. Sie klagte nie und sah noch immer einen Funken Hoffnung am Horizont, wo andere bereits aufgegeben hatten. Meine Schwester hat ihr Bestes gegeben.
Im Juni ist Raimund gestorben. Wir erfuhren von der traurigen Nachricht während einer Schiffsreise. Seit Ausbruch seiner Krankheit war ein Jahr vergangen. Regina hatte seinen Tod sehr gefasst aufgenommen, wofür ich sie bewunderte. Die Beisetzung fand überraschend schnell auf Teneriffa und nach seinem Wunsch auf See statt. Es war uns aus verschiedenen Gründen nicht möglich, dabei zu sein, aber unsere Gedanken weilten bei Regina. Sie musste nun wieder lernen, sich alleine zurechtzufinden, sich in ein normales Leben ohne ihn einzuleben. Ich machte mir Sorgen. Kann sie das Leben alleine meistern? Sollte sie nach Deutschland zurückkehren oder bleibt sie alleine auf Teneriffa?

Wie bereits erwähnt, war der Dezember nicht mein bevorzugter Monat. Die sentimentalen Lieder, die von Familie und Liebe handeln, waren schwer zu ertragen. Sie berührten mich schon lange nicht mehr. Ich bemühte mich, keine negativen Gefühle oder Gedanken zuzulassen. Angesichts dessen entschieden wir uns, die Weihnachtsfeiertage wie vor zwei Jahren auf der

Insel Usedom zu verbringen. Weg von zu Hause, weg von den anhaltenden Hoffnungen und Sorgen.

Im Oktober 2017 haben Anja und ich unsere Verbindung erneut bekräftigt, indem wir geheiratet haben. Diese Zeremonie war schlicht und ohne viel Aufhebens. Ursprünglich dachten wir, es sei nur eine formelle Angelegenheit, da wir bereits eine eingetragene Partnerschaft hatten. Doch tatsächlich hatten wir die Gelegenheit, erneut unser Eheversprechen abzugeben.

Zwei Jahre später entschied ich, den Kontakt zu meiner Schwester und ihrem Sohn abzubrechen. Wir waren schon seit einiger Zeit keine Familie mehr und würden es auch nie wieder sein. Wir waren uns fremd geworden, und ich fühlte mich nicht verstanden und von ihnen verraten. Heute bereue ich diesen Schritt zutiefst, da ich meine Schwester nie mehr wiedersehen werde. Kurz vor ihrem zweiundsechzigsten Geburtstag verstarb sie plötzlich, und ich hatte keine Gelegenheit, mich von ihr zu verabschieden. Es gab kein Begräbnis, da mein Neffe die Urne seiner Mutter in die Schweiz gebracht hat, wo ihre Asche in den Bergen verstreut wurde. Ein unfassbar trauriges Ereignis.

Epilog – Mein fünftes Leben

2024

Seit über einem Jahrzehnt habe ich keinen Kontakt mehr zu meinem Sohn gehabt. Sein aktueller Aufenthaltsort, Lebensstil und Gesundheitszustand sind mir unbekannt. Niemand fragt mehr nach ihm, und auch ich schweige. Ich halte mich zurück, aus Angst, anderen zur Last zu fallen. Es fühlt sich an, als ob er nie existiert hätte, und dieser Gedanke schmerzt mich zutiefst bis heute. Manchmal ist der Schmerz so groß, dass ich laut schreien möchte. Die vergangenen Jahre waren geprägt von Selbstzweifeln, Sehnsucht, Erinnerungen und der Hoffnung auf eine Aussprache – vergeblich. Sein Charakter lässt ihn nicht seine Fehler eingestehen. Falsche Freunde und Drogen haben ihn stark verändert. Unsere einst liebevolle Beziehung erwies sich als Illusion. Die Realität ist schmerzhaft: Mein Sohn hat sich entschieden, sein Leben ohne mich zu leben. Ich hoffe, er hat seine Gründe. Es wäre ein fairer Zug von ihm gewesen, wenn er mir diese auch genannt hätte. Trotz meines Unverständnisses akzeptiere ich seine Wahl. Obwohl er mir fehlt, bin ich befreit von schlaflosen Nächten und Zweifeln. Ich habe gelernt, mit dem Unerklärlichen umzugehen. Zugegebenermaßen will ich auch nicht mehr.

Den Verlust eines Kindes zu erleben, ist grausam. Es auf diese Weise zu verlieren, ist unerträglich. Ich wünsche meinem Sohn ein zufriedenes Leben ohne Drogen und Frieden mit seiner Entscheidung. Trotz allem bleibt er in meinem Herzen. Ich liebe und vermisse ihn, nicht den Menschen, der er geworden ist, sondern den, den er einst war, viele Jahre zuvor.

Hiermit wurde mir erlaubt, einen Facebook-Post einer anderen verlassenen Mutter aus der genannten Selbsthilfegruppe zu *zitieren:*

Wir haben unseren Kindern Ausbildungen finanziert, Freizeitaktivitäten, wir haben gekocht, unsere Freizeit beschnitten, wir hatten ein offenes Ohr, haben ihnen das Arbeiten ermöglicht, Strafzettel bezahlt, Engpässe überbrückt, wir waren da, wenn wir gebraucht wurden, oder dachten man braucht uns. Viele Schicksale in dieser Gruppe ähneln sich so unfassbar und es stellt sich wirklich die Frage, warum unsere Kinder nach all dem, was wir gegeben haben, so eiskalt agieren? Die Antwort ist, weil sie es können. Wir haben in all dem vergessen, ihnen ein Bewusstsein für unsere Emotionen zu geben. Wir haben

Menschen erzogen, deren Welt sich nur um sich selbst dreht. Sie brauchen uns nun nicht mehr, da gibt es andere, die unseren Platz als Babysitter, Koch, Waschfrau, Bank einnehmen. Wenn es nicht unsere eigenen Kinder wären, würden wir uns umdrehen und gehen. Niemand würde uns auf Dauer so behandeln und wir hätten schnell die Erkenntnis, dass dieser Mensch uns nicht um unserer selbst willen liebt, sondern weil wir nützlich sind. Fakt ist, ein Kind, das so mit seinen Eltern umgeht, hat keinerlei Empathie und ist ein mieser Charakter, egoistisch, falsch und verwöhnt.

Diesen Zeilen kann ich mich nur anschließen. Dank der liebevollen Unterstützung von Anja, einer Psychotherapie, der Teilnahme an einer Selbsthilfegruppe und nicht zuletzt der Aufarbeitung in Form dieses Buches gelang es mir, Abstand zu dem Geschehen zu gewinnen. Ein besonderer Dank gilt allein Anja, die ich oft an den Rand des Erträglichen gebracht habe. Anja, ich schätze dich zutiefst. Sie stand mir bei, unterstützte mich und gab mir Halt, Mut und Kraft, als andere, einschließlich meiner Familie und gute Freunde, bereits aufgegeben hatten. Ich sehne mich danach, den Rest meines Lebens in Harmonie und Frieden mit Anja verbringen zu können. Ich bin mir darüber im Klaren, dass es mir nicht immer gelingen wird, aber ich werde mich bemühen.

Es wird immer ein Datum, einen Blick,

einen Film, einen Satz oder ein Lied geben,

dass dich an etwas erinnert und

dir Tränen in die Augen treiben

www.sprüchewelt.com

Hochzeit meiner Eltern 1948

Tante und Opa

mit mir auf dem Weihnachtsmarkt

Mein Bruder Gerhard 1952

Meine Schwester Regina 1959

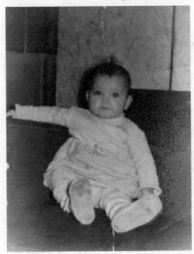

und 1966

Meine Einschulung 1955

Einschulung meines Bruders Gerhard 1959

Tierpark Berlin-Friedrichsfelde 1959

Meine Jugendweihe 1963

Mein Sohn Sascha 1970

✺✺✺✺✺✺✺✺✺✺✺✺✺✺✺✺✺ ✺✺✺

Hinweis in eigener Sache

Ich bitte um Verständnis, falls trotz wiederholter intensiver Prüfung immer noch Schreib- oder Interpunktionsfehler vorhanden sein sollten. Wie bereits erwähnt, bin ich weder Journalistin noch Schriftstellerin.

Danksagungen

Ich bin meiner Lebensgefährtin dankbar für ihr Verständnis, ihre unendliche Geduld, Liebe und Unterstützung in der schwierigsten Zeit meines Lebens. Ohne ihre Hilfe, Mitarbeit und Ermutigung wäre dieses Buch nie entstanden.

Ebenso danke ich Frau Dr. Manuela Jacopian nicht nur für ihre ermutigenden Worte, dieses Buch zu schreiben, sondern auch für ihre Unterstützung bei der Durchsicht und Korrektur des Manuskripts.

❋❋❋❋❋❋❋❋❋❋❋❋❋❋❋❋❋❋❋

www.epubli.com